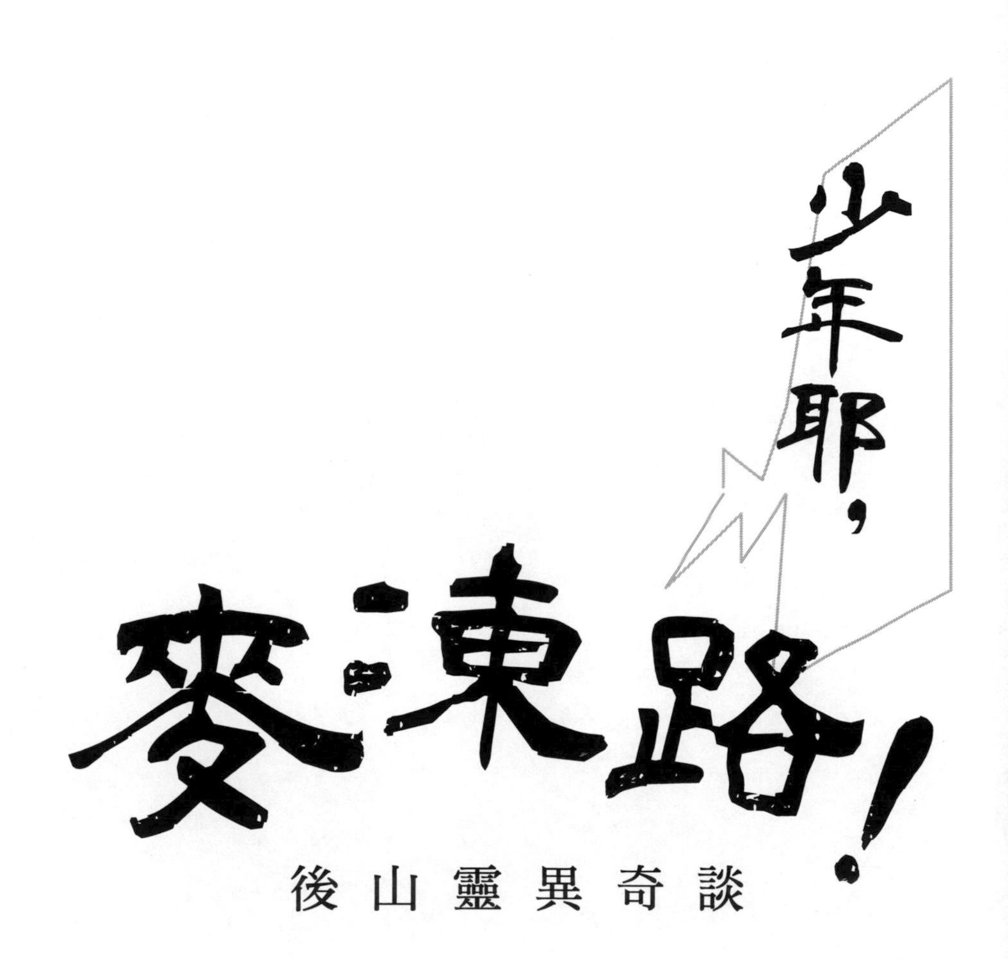

後山靈異奇談

蕭福松著

推薦序　對未知世界充滿人性的詮釋

周紫宸

和福松老師認識，是在我負責的電台節目聽審會議上，發現他觀察問題很深入，很能掌握重點，且要言不繁，直指問題核心。更令我敬佩的是，他評審客觀公正，展現十足專業，在他引導下，會議進行很順利，我也輕鬆完成任務。

之後，在同事介紹下，才知道福松老師在地方幹過很多要職，行政經驗豐富，能力又強，難怪處事明快。他曾經是新聞人，現在又在大學任教，精彩的人生閱歷，使到他能說能寫能教，堪稱是橫跨媒體、行政、教育的「三棲才子」。

我常在報紙及雜誌上看到福松老師寫的評論文章及散文，各異情趣。他針砭時事，論述有據，單刀直入，鏗鏘犀利；寫散文，則是詼諧幽默、雋永風趣兼具，一如他給人的印象，謙沖隨和、斯文帥氣。

我戲稱福松老師是「解藥系」教授，「解藥系」是我自創的形容。因為當太多情感細膩的作家因感傷而發於詞，留下許多未解的生命問號時，福松老師總是積極樂觀面對，在肯定現實生活價值同時，也試著為每一篇提問提出解方。（果然為人師，解惑是天命！）足見福松老師是個思想高哲、德行純正，平實中顯現純真本性的人。

福松老師很會寫文章，已出了十本書，令我意外的，他不但擅寫評論文章、散文，還會寫言情小說、靈異故事，真懷疑他腦袋怎會裝那麼多東西？他謙稱《少年耶！麥凍路》是他的戲筆之作，可我才翻了幾頁，馬上聯想到屈原的《九歌‧山鬼》。

楚辭裡頭的「山鬼」，與其說是恐怖的「鬼」，不如說寫的是充滿人性溫度的「山中精靈」。山中精靈被困於山中，具有人性，有女子的嬌羞，有哀戚，有情感，會戀上凡人男子，會乘著車抱著期待與戀人幽會。這是南方文學獨具的想像力，是地方文學對所處之地的情感與浪漫；是感性觀點對於未知世界充滿人性的詮釋。

福松老師寫的雖是「親鬼經驗」，卻處處表露人性，這種出自地方，發於人性的文學特質，無論就內容或形式，都非常具有地方文學的經典風韻。特別是書中記載了很多台東人對於成長之地的感受、想像，甚至是幾代人的生活記憶。

《少年耶！麥凍路》人物刻劃與地理位置的細膩與真實，讓人讀來有如身歷其境，若有似無的奇異體驗，就像是你我身邊隱然未現，卻隨時會發生的軼事一樣。（誰知道呢？或許真的會發生或發生過也不一定！）

我不曾在電視的靈異節目停留，說好聽，是不語怪力亂神，講白了，是怕鬼怕得要命。但是《少年耶！麥凍路》，我卻看得津津有味，因為故事文體輕鬆，也不一味的操弄與販賣恐懼。裡面的每個人物，每個「鬼魂」，都是有血有肉的真實地方形象。這樣的一本書，描寫的正是我們的家鄉——台東，看了是很感動、很有畫面的。

期待讀者和我一樣，在好奇「後山靈異」之餘，也試著探索自己的內心世界。希望都能因心中有愛，讓世界更光明溫馨，不要因心中有鬼，而變得更齷齪黑暗沉淪。

（本文作者為一〇八年「旺旺時報文學小說」首獎得主，現任職於國立教育廣播電台台東分台。）

自序

小時候，我很怕鬼，長大之後，卻喜歡看鬼電影、聽鬼故事，尤其喜歡聽朋友講他們的親身經歷，然後試著去研判他們講的是鬼話連篇，還是真有其事？

自有人類歷史以來，人和鬼便脫離不了關係，很多的祭祀習俗都因鬼而存在，人生而為人，死後為鬼，好像天經地義，也好像是固定模式，更像只一口氣的差別而已。但人死後就一定變鬼嗎？恐也未必，或許像未來的大學入學模式，需有全套的高中「學習檔案」，才好做評量。

日本有部勸世短片叫「來世不動產」，描述一名中年男子死後來到一處渺無人跡的山上，他好奇山上怎會有「不動產仲介公司」？一問之下，才知他已離開人世。接下來，是「分發」的問題，他問仲介：「我下輩子還可以當人嗎？」仲介透過電腦，逐一查詢他從小到大，一直到死前曾做過的好壞事——「生活檔案」，核算結果，說：「不行，你積分不夠。」最後，他只能選擇投胎當蟑。

人從一出生就開始走向死亡，死亡和鬼就如同畫上等號，人怕死也怕鬼。有趣的是，又常把鬼「擬人化」，於是就演繹出很多恐怖、驚悚，有時又帶點浪漫、好笑、嘲弄趣味的靈異故事來，至於世上到底有沒有鬼，只有天曉得。

小學時候，老師會故意在陰風慘慘的陰雨天，講鬼故事給我們聽，嚇得女生摀耳哇哇叫；高中時代，異想天開，晚上和同學結伴到公墓要找鬼，結果鬼沒找到，幾個傻逼倒把自己嚇得屁滾尿流四處逃散；上了大學修了哲學課，以為心靈通電了，有同學提議玩碟仙，還好我沒膽嘗試，要不現在恐已成仙了。

人對鬼的好奇，不會因時代進步而稍憩，就算沒看過鬼，也很想知道和鬼接觸的感覺是怎麼回事？其實鬼應該也和人一樣，有感情、有思想、也有愛恨情仇，只是鬼不會害人，人才會害人。

這本《少年耶！麥凍路》，是我很用心聆聽各路好友講的「親鬼經驗」，有點可怕，又不算太可怕，順便一提，我這些朋友最後都不得不去廟裡收驚拜拜。我因為是聽眾，屬二手傳播，驚嚇指數不高，反而可輕鬆記錄發生在台東各地的靈異趣事。

後山靈異事件應該還很多，有待「好兄弟」的好兄弟們，繼續貢獻見鬼經驗或驚嚇後心得感想。

《少年耶！麥凍路》故事，有真實的、有聽說的、有別人的經驗、也有我自己的親身經歷，總之，想認識台東，就先認識後山的「好兄弟」吧！

我寫《少年耶！麥凍路》，好玩成分居多，目的也不在說神道鬼、鼓吹迷信，而是希望藉不同故事的呈現，表達人的心志意念及對神鬼應有的態度。人很渺小，但慾望很大，也自以為很偉大，就常會被「心鬼」耍弄。因此，要懂得慈悲謙虛，學習敬天畏神，不迷信但也不「目中無神」。

最重要的，要體認人與神鬼的距離，其實都只在心念、意念的「一念之間」。心善行善，神鬼自庇佑，心惡行惡，天地必不容，正所謂「萬事由心造，善惡只在一念間」。

別忘了，人在做，天在看，舉頭三尺有神明啊！

目次

南迴線篇

台東市區篇

東海岸篇

老弟，別逗了

騎著騎著，突然眼前一片漆黑，機車大燈滅了，引擎也熄火了，老趙心裡不禁嘀咕：「怎麼可能？才新買的機車。」

老趙，山東人，五十來歲，單身，體格壯碩，在成功鎮警分局擔任伙夫，為一群年輕、單身員警張羅伙食。

老趙孤家寡人一個，除了為分局搭伙的員警煮中餐、晚餐外，工作輕鬆，生活也自在。宿舍隔壁是新報到不久的楊姓巡官，二人都是單身漢，閒來沒事串串門子，喝喝小酒，雖然年齡有點差距，但也算是哥倆好，經常在休假日相偕共乘機車到台東，楊姓巡官找女朋友去，老趙則到市區茶室找他的老相好。

一日，楊姓巡官隻身騎機車到台東公幹，不幸在途中發生車禍身亡，為此，老趙傷心了好些天。以往都是兩人共乘機車到台東，現在就剩老趙單獨一個，顯得形單影隻，但老相好的在台東，路途再遠都得去。為了方便起見，他還特地買了部頗拉風的野狼一二五重型機車。

這天是週末下午，晚上不用開伙，老趙樂得又可以到台東跟老相好溫存一番，好好喝上幾杯，愈想心裡愈發酥癢，迫不及待的跨上新的野狼機車，哼著小調急急上路了。

和媚中帶騷的老相好喝酒調情、繾綣纏綿、鴛鴦戲水就表過不說，一直到晚上十一點，老趙帶著濃濃醉意，心滿意足地回程。

六十年代，狹長蜿蜒的東海岸公路上，一片漆黑，刮著強勁東北季風的寒冬夜晚，帶著幾分令人不寒而慄的淒冷感覺。

老趙在部隊待久了，南征北討，墓地都睡過了，哪理會這些，兀自哼著小調，開著機車大燈，悠哉地慢慢騎著。高粱酒的威力猶令他全身暖烘烘的，絲毫不覺寒意，再想到今晚老相好那副妖嬈浪蕩樣兒，心裡更不禁一陣茫酥酥感覺。嘴裡哼著歌，老趙一如往常，安之若素地在夜路上奔馳著。

騎著騎著，突然眼前一片漆黑，機車大燈滅了，引擎也熄火了。老趙心裡不禁嘀咕：「怎麼可能？才新買的機車。」

他試著發動，但連踩好幾下，車子就是悶不吭聲，發動不起來。

老趙心裡納悶，卻一時也理不出個頭緒來，隨手點了根菸，就地坐在機車旁抽菸沉吟著。

好一陣子，眼睛逐漸適應周遭漆黑的環境，老趙這才發現他停留在一座小橋上，再定睛一看橋名——「黑髮橋」。

老趙心裡不禁一震：「這，這……，這不是楊巡官發生車禍的地方嗎？」想及此，全身不由自主地打了個寒顫。

偏這裡荒郊野外，前不著村，後不著店，又不見有車輛行人經過，這下可麻煩了，難不成叫我推著機車走回成功？

畢竟是身經百戰，出身入死的老兵，馬上連想到「一定是那麼回事。」思索了一下，老趙心裡有譜了，他不慌不忙的站起身來，點燃第二根菸，然後對著漫漫夜空朗聲道：「小楊啊！楊巡官，我的好兄弟啊！你發生不幸，我比誰都難過。以前咱們都是二人同行，現在倒真正打光棍了，你在陰，我在陽，陰陽殊途，看在咱們兄弟哥倆一場，拜託你就不要再同我開玩笑了，有空老哥會常跟你多燒些紙錢，這根菸就請你抽吧！」

看著菸頭的紅光慢慢點燃著，老趙輕嘆一聲：「唉！可惜啊！英年早逝。」待香菸燃盡之後，老趙重新跨上機車，才踩了一下，機車竟「噗、噗、噗」一下子就發動起來。試著開大燈，沒問題，亮了，再試方向燈，也一閃一閃，OK！沒問題，一切都正常。

老趙不禁苦笑說：「老弟，果真是你，珍重啊！老哥先回去了。」

老趙的機車身影，慢慢消失在一片黑暗中。海風依舊蕭蕭，似傾訴著年輕亡魂不甘無奈的嘆息。

後話——

我曾在成功警分局搭伙，閒來沒事和老趙喝酒扯淡，這段人鬼奇遇，就是他親口告訴我的，是巧合？還是真有其事？只有天曉得。不過，每次騎車經過「黑髮橋」時，想到電影中的女鬼，不都頭髮黑黑長長的，橋名叫「黑髮」，彷彿女鬼就駐紮當地一樣，心裡不發毛才怪哩！

嗨！司機先生

老王感覺氣氛有點不太對勁，忙瞥了一眼照後鏡，但見鏡中人影正朝著他招手，好似在和他打招呼：「嗨！司機先生，您好。」

民國六十年間，公路局客運車是東海岸公路僅有的交通工具。鄉下地方班車少，行駛途中只要有人揮手攔車，不管有沒有站牌，司機都會熱心地停車載客，這種便民服務的作風，很受到當地居民的稱許。

這一晚，最後一班夜車，是九點半從成功站開往長濱鄉樟原村的普通車。司機老王已有二十年的開車經驗，向來穩重謹慎，小圓是新招考進來的車掌小姐，一副機伶模樣，很討人喜歡。尤其她笑口常開，對人也親切有禮，遇到年紀稍長，行動遲緩的老人，或帶著小孩提著重物的婦人，她都會主動幫扶，很得人緣。

七月天的夏夜，繁星滿天，班車沿著蜿蜒的海岸公路行駛，別有番風味，海風從車窗吹進來，很是涼爽。

今晚乘客不多，才過了宜灣，就全下光了。難得清閒，小圓望著窗外，想著因搭車而認識的教師男友，長相斯文，彬彬有禮的樣子，心裡不禁一陣甜蜜蜜感覺。

老王則盤算著下個月嫁女兒要準備宴請哪些親友，想到那長得一表人才，現在部隊當上尉連長的未來女婿，他這個準泰山的臉上，不覺泛出得意的笑容來。

未鋪柏油的碎石公路，因大雨沖刷，形成一道道波浪痕，車子開起來，一顛一顛地，震得車窗哐噹哐噹作響。

老王看了看手錶，才十點多光景，估計十一點前應可抵達樟原。今晚夜宿樟原，可要早點休息，因為明早六點又要發車，載通勤學生上學。

車過了寧埔，一出村落，偏僻的荒郊更顯得寂寥。前面是一個大轉彎，老王沉穩地握著方向盤，緩緩地轉動，就在彎道盡頭，靠海邊的路旁，有一個人影站在那裡，朝車子招手，老王很自然地放慢速度，並把車緩緩靠過去。

小圓看到車停下來，習慣地隨手把車門打開，可等了一陣子，卻不見有人上來，探頭出去看，也沒看到人影。

老王說：「會不會是在搬東西，動作慢一點，妳下去看看吧！」

小圓下了車，走到車後頭，看了看也沒有人，便又上來，對老王說：「王叔，沒人啊！」

「噢！沒人？那會不會是我看走眼了，那好，走吧！」小圓關上車門，老王又開車上路。

可才開不到兩百公尺，小圓突有所感地，回頭看看後邊空盪盪的車廂。不看還好，這一看，小圓忍不住驚聲尖叫起來，車廂最後一排，不知什麼時候，竟坐著一個穿褐色衣服的中年男子，還咧嘴對小圓「呵！呵！呵！」地笑著。

小圓嚇得全身發軟，手腳顫抖不已，連舌頭也打結了，只一直「王、王、王……」，喊不出聲音來。

老王聽到小圓的尖叫聲，最初以為車上有老鼠，女孩子總是怕老鼠的嘛！可回頭瞄了一下小圓，卻見她臉色慘白，右手抖顫的指著後頭，示意老王看看後面。

老王感覺氣氛似乎有點不太對勁，寂靜中帶著令人寒顫的陰冷氣息。忙瞥眼看一下照後鏡，但見鏡中人影正朝著他招手，好似在和他打招呼：「嗨！司機先生，您好。」

老王這一瞧，頭皮頓時發麻發脹，全身疙瘩也全豎了起來。但究竟是男人，膽子壯些，回過神來，忙要小圓坐到他身邊來，照後鏡也扳開去，眼不見為淨。

俯身低頭，握緊方向盤，老王猛踩油門，嘴裡直喃喃地唸著：「南無觀世音菩薩，南無觀世音菩薩……。」顧不得路面高低不平，車子歪歪斜斜，跌跌撞撞地直

往前疾駛。

老王腦子裡一片空白，唯一念頭，儘快擺脫那個「不速之客」，油門都踩到底了，形同「失速列車」。幸好鄉下地方，夜晚根本沒甚麼人車，否則難保不出事。

車子像失魂的野牛，一股勁地往前衝，好不容易車抵長濱。街上有了燈光，人潮也多了，兩人方才驚魂未定地回頭看看後面，末排空空如也，什麼也沒有。

小圓直撫著胸口說：「王叔，剛、剛……，嚇死我了。」

老王知道，在小圓開車門

時，那位「仁兄」早已上車了，幸好只是搭便車，否則搞不好來個意外甚麼的，恐怕早跟那位仁兄成為「好兄弟」了。

只是開了那麼多年夜車，從沒碰過這種情形，怎今晚……？

老王不敢再想下去，當然，樟原也不敢去了，趕明早起個大早再過去接學生吧！

望著仍心有餘悸的小圓，老王安慰她說：「還好，只是搭便車，偶爾會碰到，別想太多，早點休息吧！明天一起到廟裡收驚，順便求個平安符。」

後話——

一位阿美族朋友的表妹在公路局當車掌小姐，轉述她同事輾轉傳來的「路透社消息」，驚恐氣氛中還帶點趣味性。應該也不只小圓和老王遇到，跑夜車的總難免會遇到搭便車的，差別只在有人看得到，有人看不到。看到的，除記得要去收驚外，也別忘了要去買樂透喔！包中！

貼在玻璃上的臉

一張蒼白毫無血色且五官不全，幾乎是胡亂拼湊的臉，像蛋餅般地，黏貼在右前方的擋風玻璃上，還朝著他咧嘴獰笑著。

台東往東河途中，有一座狹橋，叫「出水橋」。

「出水橋」橋名何來，年代已久，無從查考，但應與橋的上端一湍流有關。豐沛的水流，由山澗沖刷而下，經「出水橋」流向大海，「出水橋」或因此而得名吧！

「出水橋」位在兩個山凹形成的澗谷之間，地形險峭，林木茂盛，那裡又是個急轉彎，加上橋面狹窄，路況不熟或開快車者，稍一不慎，便連人帶車衝下峽谷去。

經年累月，「出水橋」下不知添了多少冤魂。或許也因為地形緣故，「出水橋」一帶，顯得特別陰涼，即使炎炎夏日，騎機車經過該處，也會感覺陣陣透人心肺的沁涼，當然，那個地方「陰氣」也特別重。

鄭國材這些天為了選舉，幾乎跑遍全縣各鄉鎮，今晚他是專程到成功鎮參加一位大樁腳嫁女兒的喜宴。除當介紹人，介紹一對新人外，也順便介紹自己、推銷自己，倒是一舉兩得。

在熱鬧的喜宴氣氛下，鄭國材是來者不拒，有敬必乾，沒辦法，為了選票嘛！還好他酒量不錯，應付起來不成問題。

散席之後，鄭國材在友人陪同下，又拜訪了一些地方人士，少不得又多喝了幾杯。這一蹉跎，一直到晚間十一點半，才帶著濃濃酒意，獨自一人開車離開成功鎮。

夏夜的東海岸，景緻很美，鬱藍的山巒，伴隨著斜掛夜空的上弦月，顯得無比幽靜、靜謐，頗富詩意。

鄭國材左手握著方向盤，右手不停地按揉太陽穴、拉拉耳朵，好減輕酒意，讓自己清醒些。幸好夜深了，車輛不多，他可以慢慢悠閒地開回台東。

過了東河，轉了幾個彎之後，即將接近「出水橋」，鄭國材突然聯想到一些有關「出水橋」的傳言。但隨即又想，「都什麼時代了？還信這一套。」

鄭國材自忖八字夠重，向來是天不怕地不怕，難道還怕看不到、摸不到的孤魂野鬼？想及此，不禁暗笑自己太敏感了。

上弦月繞到山後邊去了，山凹一片漆黑，鄭國材緩緩將車駛上「出水橋」，一切並無異狀。

但就在他駛出「出水橋」，正要加油上坡時，突然，從路邊草叢竄出一個白色人影，張手企圖攔車。

鄭國材一驚，方向盤直接反應地往左打，意圖避開那個人，可那個人影似乎不罷休，竟追著過來。鄭國材看得十分真切，那個人影不是用跑的，而是身影騰空飛起，用「飄」的靠過來。

鄭國材霎時酒意全消，他已意識到「此人非我族類」。心一拿橫，硬著頭皮，油門重重一踩，猛然衝了過去。

撞上的那一剎那，並沒有發出任何碰撞聲響，鄭國材正暗自慶幸自己研判正確——「果然不是人。」

但念頭才過，一張蒼白毫無血色且五官不全，幾乎是胡亂拼湊的臉，像蛋餅般地，黏貼在右前方的擋風玻璃上，還朝著他咧嘴獰笑著。

鄭國材頓感頭皮發脹，感覺一陣暈眩，緊接著眼前一片黑。

他「啊！」的一聲脫口叫了出來，車子突地猛向前竄去，然後失控般地劇烈晃動、彈跳著，像要炸開似的。

左邊是斷崖，右邊是山壁，鄭國材也亂了神，心裡暗叫不妙：「完了，完了。」

就在驚險萬狀，間不容髮一刻裡，車子「咚！」的一聲，撞到路旁一塊大石頭，倒把車子彈回路中間來。此時，對面一輛轎車打著大燈疾馳而來，強烈刺眼的車燈，照射在鄭國材的擋風玻璃上。

驚魂未定的鄭國材偷瞄了一眼擋風玻璃，乾乾淨淨的，什麼也沒有。當然，那張黏貼在擋風玻璃上的「臉皮」，也消失不見了。

車子開到不遠處一個村莊，

鄭國材像經歷一場大災難般地全身虛脫，冷汗濕透了全身，猶兀自顫抖不已。

喘了口大氣，定一下神，回想起剛才那一幕，心仍有餘悸，「若非那塊大石頭，恐怕……。」

想到這裡，鄭國材伸手輕握掛在照後鏡上的「觀世音菩薩」像，嘴巴喃喃唸著：「感謝觀世音菩薩保佑，感謝觀世音菩薩保佑……。」

後話——

有朋友大白天騎車經過「出水橋」，莫名其妙地，就順著橋頭旁的空隙栽下去。被救上來時，他說：「我只感覺眼前一片黑，然後啥都不知道了。」是他恍神？還是好兄弟捉弄？沒人知道。我只知道，每次騎車經過那裡時，即使是炎炎夏日，也會感到一陣透心涼，但不是沁涼，而是陰涼。

隧道口的女人

女人緩緩轉過身來，披散的長髮下，是一張灰白的臉，而且兩眼暴突，還淌著血，鼻孔下也有兩道血痕，舌頭外露，模樣猙獰恐怖極了。

在民國五十年代，賣雜貨算是小本經營個體戶。那年頭，鄉下地方交通不方便，物資也缺乏，賣雜貨的就賣些針線、粉餅、布匹、鈴鼓，和八卦丹、萬金油、奇應丸等應急成藥。

阿興為此特地去買了部中古機車，父子倆也做了分工，阿興跑東河、成功一帶的海線，他老爸則負責關山、池上的山線。每天大清早，將前一晚補齊的貨，分門別類地放進機車後座那個白鐵做的方箱裡，用橡皮帶固定好之後，父子倆就各奔東西營生去了。

兩、三個月下來，阿興逐漸接替了他老爸原來的路線，和沿線村民也都混熟了。大家對這個篤實忠厚、價錢公道、童叟無欺的年輕人很有好感。除了賣箱子裡的雜貨外，阿興也會熱心地幫村民代購一些託買的東西，並且不收佣金，因此，所到之處都很受到歡迎。

阿興個性內向，有點靦腆，到現在還沒有女朋友，有好促狹的歐巴桑常拿阿興開玩笑，要他東西賣便宜點，才把女兒介紹給他，逗得阿興紅著臉支支吾吾地不知如何應對。

這一天，阿興又來到泰源，他平均一個禮拜來一次，通常是先到成功，回頭再到泰源，幾個村落轉下來，差不多已晚上六、七點，等吃過飯離開泰源，都在八點左右了。

今晚，他和村子裡同梯次當兵的三、兩好友小聚，聊些當兵趣事，一直到九點多才離開泰源。

泰源對外道路蜿蜒曲折，頗有中橫公路的味道。過了登仙橋，又繞了幾個彎，阿興來到泰源隧道口。

泰源隧道原本是日據初期，為引水灌溉小馬地區的農田而鑿建的，寬度不到兩公尺，民國九年起，拓寬成為可供車輛通行的隧道，由當地阿美族人一鍬一斧，費時十五年才闢建完成，成為泰源村對外交通唯一要道。

泰源隧道長約一百公尺，由於係鑿天然石壁而成，終年滴水不斷，夏天進到隧道裡頭，令人感到無比沁涼，但也因光線幽暗，予人陰森感覺。

阿興小心翼翼地騎著，狹窄幽暗的隧道，令他有股莫名恐懼的感覺，即使是夏夜，隧道裡的陰冷氣氛，仍讓他打了陣哆嗦。

好不容易出了隧道，阿興鬆了口氣，正要催油門上東海岸公路，忽瞥見隧道口不遠處的一棵大樹下，有一個女人坐在石頭上。

阿興感到奇怪，這麼晚了，怎會有女人在此逗留呢？何況此處是荒郊野外，萬一碰到歹徒怎麼辦？

阿興雖然已騎過那棵大樹，但總覺不妥，一股惻隱之心油然而生，驅使他掉轉車頭。「也許那個女人需要幫忙吧！」阿興心裡這麼想著。

將機車騎靠近大樹，阿興看的較清楚些，一個約莫三十來歲的少婦，坐在石頭上低聲啜泣著，或許哭得很傷心，肩膀不停地抽搐抖動著。

女人背對著他，距離阿興大約七、八步遠，阿興騎在機車上，對著女人喊：

「這位大嫂，這位大嫂……。」

但女人或許哭得很傷心，沒有聽到阿興在喊她，兀自低著頭哭著。

阿興考慮著要不要過去勸勸她，但又恐遭人誤會男女授受不親，可是一個女人家獨自一人在夜黑風高的荒郊野外，總是讓人不放心。

阿興猶疑了下子，還是決定下車，不過機車並沒熄火，大燈也亮著，目的是讓那女人知道他並不是壞人，沒有惡意。

阿興走近女人背後，這下他看的更清楚，女人留著長髮，穿著一身白衣服，從背影看長得十分秀氣模樣。阿興輕聲叫道：「這位大嫂，這麼晚了，您一個人……。」

但女人並沒有回應，仍低頭啜泣著，阿興無奈，只好伸手輕輕地拍拍她的肩膀。

這時，女人緩緩轉過身來，披散的長髮下，是一張灰白的臉，而且兩眼暴突，還淌著血，鼻孔下也有兩道血痕，舌頭外露，模樣猙獰恐怖極了。

阿興猝不及防地看到這張猙獰可怕的臉，像觸電般地驚駭到極點，他萬萬沒想到，纖細娟秀背影的前面，竟是這樣一張恐怖的臉。

他「哎呀！」驚呼一聲，突然眼前一片黑，就昏死過去了。

好一段時間，阿興悠悠醒過來，發現躺在一家診所的病床上，手臂上還吊著點滴。

原來有村民經過隧道口，看見阿興的車子未熄火，大燈也亮著，人卻不見，好奇地下車察看，發現阿興躺在大樹下，雙眼緊閉，全身瑟縮成一團，不住地顫抖著，以為他發病，趕緊送他到成功鎮上的診所急救。

看阿興終於醒過來，兩位村民方才鬆了口氣，忙問阿興到底發生什麼事？

阿興描述了方才經歷的那一幕，村民恍然大悟，猛然想起半年前，有一少婦因和丈夫口角，一時想不開，跑到隧道口前的大樹上吊自殺了。

阿興聽了，全身忍不住打了陣寒顫，幸好他心念純正，只是單純地想幫助那女人，否則後果不堪設想。

自從這次恐怖經驗後，阿興再不敢太晚離開泰源，當然也不敢那麼「好心」了。只不過每次騎車經過隧道口時，仍不免心驚膽顫一番，往大樹底下，偷偷瞄上一眼——沒人，趕緊溜之大吉。

後話——

泰源隧道就在東海岸公路旁，在新公路未開通前，是進入泰源村的唯一通道。當地景致很有中橫味道，途中的登仙橋猴群聚集，常吸引遊客駐足觀賞。在交通不便的年代，賣菜車及雜貨郎，是家庭主婦食材針線的主要供應者，「隧道口的女人」據說確有其事，只是年代久遠，無可考了。

迷失的路程

女孩依舊別著頭望著窗外，陳志誠腦子裡一片空白，眼前也一片白濛濛的，他感覺眼皮好重、好重、好重……。

陳志誠接到派令的時候，愣了下：「泰源？這是什麼地方？聽都沒聽過。」陳志誠家住屏東，警大畢業後，一直在保警單位服務，這一次奉派到台東泰源分駐所支援。看到派令，他端詳了老半天，「泰源？在哪？」

從屏東沿南迴公路一路開往台東，蜿蜒漫長的山路，令他感覺路途怎麼那麼遙遠。心裡不禁嘀咕：「單這段路程就夠我消受了，不知東海岸公路又是何番滋味？」

邊開車邊搖頭吐大氣：「真是的，怎會找上我？」

儘管心裡有點不爽，但繼而一想，既來之則安之，暫時到台東支援勤務，未嘗不是接受磨練、歷練的好機會，想到這裡，因長途單調開車鬱悶的心情方才釋懷些。

在台東，他先到分局找擔任巡官的同班要好同學吳奕成，晚上，哥倆好找了家館子小酌一下，吳奕成順便告訴他往泰源怎麼走法，哥兒們久未見面，自是分外高興，歡談暢飲不已。

看看時間已晚上八點半了，若此時出發，預估九點半左右就可到達泰源。吳奕成告訴他，出了市區上中華大橋，然後沿著東海岸一直開下去。等到了東河，過了東河橋，看路標指示，左轉便可到達泰源。反正從台東市前往各鄉鎮，不管是成功線、關山線、大武線，都只一條路直達，保證不會迷路。

帶著和同學相聚後的愉快心情，陳志誠略帶微醺地開車上路。可真不巧，天竟飄起毛毛細雨來，但反正也不趕時間，慢慢開吧！

聽奕成介紹，東海岸公路景緻很美，可惜是晚上，又碰到下雨，無緣一賞東海岸美景。不過，蜿蜒的公路上，雨水浸潤的路面，映著疏落路燈的光影，別有一番淒迷的美感。一個人靜靜開著車，聽著輕柔音樂，也是一種享受。

經過小野柳風景區，陳志誠瞄了一眼，他下午剛和吳奕成來過，對此地仍有印象。繞過一個大彎後，陳志誠遠遠就看到有人撐傘站在路邊，等車駛進了，陳志誠看得更清楚，是一個妙齡小姐，忽然，那小姐伸手攔車。

出於警察職業的敏感度，陳志誠心想：「下雨天，怎一個女子在荒郊野外？難道不怕遇上壞人。」

但又想，也許人家有所不便，或許車子拋錨了，或許就住在這附近，或者此地客運班車少等不到車。陳志誠心裡這麼想著，車子放慢速度，緩緩停靠過去。

女孩子留著長髮，打著一把黑傘，看她的身影，苗條纖細的模樣，顯得很秀氣、很有教養的樣子。

陳志誠停下車，伸長右手，將右邊車門打開，女孩子微微點頭，算是打招呼，然後，默默地上車。

在她上車之際，剛好對向一部轎車疾駛而過，車燈餘光照在女孩子的臉上，那是一張容貌娟秀的臉，氣質也不差，只是臉色顯得很蒼白。

陳志誠看了女孩子一眼，覺得好眼熟，但一時想不起來曾在哪裡見過，又怕一說出口，女孩子一定會譏笑：「老套，想搭訕，就來這一招。」

車子重新上路，陳志誠注視著前面路況，隨口問：「小姐，妳要到哪裡？」

女孩子聲調很低，淡淡地說：「到隧道口。」

「隧道口，在哪？」陳志誠第一次到台東來，對地方地名毫無概念。

「就是過了東河，要進泰源的地方。」女孩口氣平淡地應著。

「那麼巧，我正要去泰源，還擔心找不到路呢！」陳志誠高興地說著。但隨即發現女孩似乎不太愛說話，因為上車以後，女孩就把頭別過去看著窗外，對陳志誠的話也不太愛回應。

雨刷韻律地「唰、唰、唰」擺動著，車廂裡除了小聲播放的音樂外，氣氛似乎有點僵，因女孩除了上車時講了兩句話外，之後再沒有開口。

陳志誠心想，或許她跟家人吵架，還是跟男朋友鬧彆扭，心情不愉快，不想和人交談，我索性好人做到底，不打擾她，送她到隧道口下車就是。

可氣氛不但僵，還有點「陰冷」的感覺，陳志誠以為是冷氣開太強關係，隨手關小了些，但還是覺得有股難以形容的冰冷感覺，忍不住打了陣哆嗦。

瞥一眼坐在右座的女孩，仍是一動不動地只是望著窗外。陳志誠心裡很是納悶：「好奇怪的女孩，卻又覺得很面熟，就是想不起在哪見過？」

細雨飄飛著，東海岸公路一片暗黑，陳志誠感覺道路兩旁的路樹和草叢，不停地向後掠去，但怎麼都沒看到村莊聚落，也沒見到一部車子呢？

「會不會老吳故意安慰我，明明兩、三個鐘頭的車程說成一小時，他以為我是飆車族啊！」陳志誠心裡如此想著。

看著車上的電子鐘，已二十二點五十分了，他已開了兩個多鐘頭的車，卻還沒到東河，陳志誠很困惑，卻理不出個頭緒來，也不明所以。

他發覺車外起了層薄霧，白濛濛的一片，車廂裡除了輕柔的音樂聲外，靜悄悄的。女孩依舊別著頭望著窗外，陳志誠腦子裡一片空白，眼前也一片白濛濛的，他感覺眼皮好重、好重、好重……。

「碰！」一聲輕輕的關門聲，陳志誠猛然驚醒，坐在右座的女孩不見了，顯然已下車。

他開著遠光燈照射前方，嚇了一跳，「泰源隧道」四個大字映入眼簾，原來已到了隧道口，怪不得女孩下車了。「大概今天開了一整天的車，太累了，不知不覺睡著了。」陳志誠心裡這麼想著。

抵泰源，已接近午夜零點了。

值班警員詫異地問：「陳巡官，您怎麼這麼晚才到呢？」

「我也不知道，我以為一個鐘頭就可以到，哪裡知道開了三個半鐘頭。」

「沒錯啊！從台東到這裡，一個鐘頭就夠啦！您怎麼會開三個半鐘頭？」

「這……。」陳志誠也迷糊了。

他不確定他是開車開累了睡著了？還是迷路了？……另外，那個搭便車的女孩，也讓他感到疑惑，從頭到尾，就側著身望著窗外，默不作聲。幾時下車？他也不知道，這到底是怎麼一回事？

休假日，他到台東分局找吳奕成，提到報到那天，整整開了三個半鐘頭的車，才到達泰源的事。吳巡官大笑：「怎麼可能呢？莫非你見鬼了。」

「見鬼？怎麼可能呢？」陳志誠自忖八字蠻重的，應該不會遇見鬼吧！

兩個人在宿舍閒聊著，吳巡官不經意拿出本大相簿翻閱著，都是唸警大時代的生活照和郊遊照片。

陳志誠也靠過來湊著臉看，突然，像發現新大陸般地，指著一張他們五、六個同學和一群女孩子郊遊的合影照片，欣喜地說：「就是她，那天搭我便車的就是她，怪不得老覺得很面熟。」

「什麼？是她！你確定是她？」吳巡官嘴巴張得大大的，驚悸地問。

「沒錯啊！就是她，怪不得我一直覺得很眼熟，好像在哪見過，但就是想不起來。」陳志誠有著解開謎底後的豁然開朗暢快感覺。

「志誠，你確定是她？」吳巡官表情十分認真地看著陳志誠。

「沒錯啊！就是她。」陳志誠看吳奕成誇張的表情，差點大聲笑出來。

「志誠，你見鬼啦！你知道這女孩是誰嗎？」

看吳巡官臉色遽變，陳志誠一頭霧水，感覺事情似乎有點蹊蹺，又聽他說見鬼

了，更想把事情弄清楚，到底到泰源報到那一晚，發生了什麼事？

吳巡官點了根菸，神色黯然地說：「那個女孩叫詩蘋，長得很秀氣，家住市區，我到台東報到沒多久，曾去找過她，可惜半年前，聽說罹患骨癌過世了，就葬在小野柳附近的第十公墓。」

陳志誠聽得瞠目結舌，詫異極了，覺得很不可思議。

和女孩僅一面之緣，她怎麼知道我要去泰源？還一直陪伴我，帶引我到隧道口？只是那漫長的三個半鐘頭車程，又是怎麼回事？

陳志誠意識到這將是一個永遠沒有解答的謎，但他可感受到那女孩對他的善意和關心。

「或許關心我這異鄉來的遊子吧！找個時間到她墳前獻花上香，聊表一點心意。」陳志誠心裡盤算著，但也不禁為這年輕美麗的靈魂，感到無限的哀思和惋惜。

凝視著照片中秀麗女孩的笑靨，他似乎感覺到女孩正對著他淺淺地微笑著……。

後話——

這是一位警察好友講給我聽的，故事中的女孩是他的朋友，年紀輕輕就因骨癌過世，大家都很替她惋惜。女孩喜歡文學，是個很有愛心、多愁善感的女孩，他們以前幾個好友，常在週末騎車到富岡漁港附近的小野柳郊遊，而公墓就在小野柳不遠處，或因此緣故，才演繹出這段淒迷故事來。

拜託，別再跟著我啦！

財發被「纏」得都快瘋了，不是怕鬼，而是那種被「盯」的感覺很不舒服，他決定和「她」談談，溝通溝通。

好些天沒有出海了，現在終於可以出海，旺仔心裡暗禱著：「但願今天漁獲豐收。」

冷鋒剛過，天氣還是陰陰的，令人有種沉悶窒息的感覺。但對討海人來說，只要可以出海的天氣，就算是好日子。

「鴻星福號」是艘小漁船，都在近海作業。旺仔是船東兼船長，才四十出頭，但可能長年在海上討生活，顯得一副歷盡滄桑老成模樣，看起來倒比實際年齡多了五、六歲樣子。

阿成是他堂弟，阿福和金生則是鄰居，四人非親即友，倒也默契十足，合作無間。

船緩緩駛出漁港，旺仔掌著舵，和著收音機裡播放的葉啟田「愛拚才會贏」歌曲大聲地唱著，邊唱邊感嘆著：「討海人真的要拚才有錢賺啊！」阿成、阿福和金生，則分頭在船舷兩邊忙著整理漁具、漁網。

在距岸邊兩、三海浬海域下了網，旺仔慢慢地轉舵，在附近海面圍兜著魚群，天空陰沉沉的，海面浪花不小，小漁船左右激烈搖晃著。

好一陣子，旺仔下令「收網」，阿成、阿福和金生三人，開始七手八腳的收網，漁網蠻重的，憑經驗，今天八成有大魚上網。

一想到「大魚上網」，三人興奮地使勁拉網，果然一如預期，百來條一、二尺長的鰹魚、鯖魚，活蹦亂跳地在魚網裡竄躍著。

可是拉到最後，卻感覺有點不太對勁，沉甸甸地，沒有大魚上網那種猛力翻轉的勁道。三人正疑惑間，冷不防地，一條裸露慘白的腿露出水面來，阿福驚叫了出來，在駕駛艙裡的旺仔以為發生事故，趕緊衝了出來，只見阿福退縮到舷邊，驚嚇得說不出口，只「那、那、那……。」指著已拖上水面的魚網，要旺仔自己看。旺仔看到魚網裡，蜷曲著一具浮屍。

畢竟長年在海上討生活較有經驗，一看就知道是怎麼回事，忙吩咐阿成、金生全力拉上來。是具女屍，二十來歲樣子，留著長髮，可能落水久了，屍體有點發脹，衣服則早已破爛不堪，全身多處有被魚蝦啄食的痕跡。

旺仔看了一眼，搖搖頭，暗嘆一聲：「唉！可憐。」女人失足落海，意外的少，自殺的多，而自殺的背後，都有一段不為人知，不足為外人道也的悲慘遭遇。

旺仔也不願多想、多做揣測，叫阿成拿了條薄被覆蓋在女屍上面，他下令：「回航。」

才出海沒多久，就碰到這種事，沒能正常作業，當然也甭想有漁獲了。儘管覺得有點晦氣、觸霉頭，但一想到死屍漂浮大海，被魚蝦分食，死無葬身之地，也是蠻可憐的。載回岸上，交給警方處理，讓死者入土為安，總是功德一件。

回到成功漁港，旺仔向港警所報了案，也做了筆錄，眾人合力將女屍搬上碼頭，交警方報驗處理。

「公」的方面已解決了，「私」的方面，則有待處理。

漁船出海作業，撈獲浮屍載回岸上，雖是功德一件，但感覺上總是晦氣之事，有必要請道士或乩童上船來「淨一淨」，才能確保人船平安，年年有「魚」。

旺仔聽說太子宮的三太子很靈驗，便上岸找廟祝幫忙。廟祝二話不說，找了乩童周財發來，旺仔敘明了原委，之後上香擲筊請示神明，神明指示擇期到船上做法事把女魂召回，並助她早日超生。

做法事這一天，旺仔遵照指示，在船頭準備了雞鴨魚肉，三牲四果，也準備了很多紙錢。廟祝和財發也找了些幫手來，敲鑼打鼓地好不熱鬧。

財發是二十來歲的小伙子，當乩童已有兩、三年了，平時是做木工，廟裡有慶典或有人求神問卜時，便會找他來當「通譯」，充當神明的代言人。

財發平時一副少了一根筋的懶散模樣，但只要一起乩，卻又是一副正經八百模樣，不但會吟詩做詞，還會講文謅謅的漢文。他向來就是那副吊兒郎當、無所謂樣子，不過為人還算熱心、風趣。

一切照儀式來，輪到船長旺仔上香，他恭恭敬敬地舉香過頭，虔誠地唸道：「查某囡仔，雖然妳我素昧平生，但對妳的不幸遭遇，我也感到很難過。現在我們已將妳送回陸上，希望妳入土為安，也請妳的亡魂跟周爺走，好早日投胎轉世，給富貴人家當子女。也請妳保佑我的船出海平安，經常滿載而歸。」

旺仔祝禱完了，財發起乩作法，一路搖頭幌腦地回到廟裡。向三太子覆命了之後——「退駕」。稍後，財發也清醒了，休息了一會兒，便又回去繼續幹他的木工活了。

可是到了晚上，財發老覺得身後似乎有股人影，如影隨形地跟著他，他走到哪就跟到哪。剛開始以為是幻覺，但揉了揉眼睛，那個影子還是在，若即若離的。財發雖不是很重視個人隱私的人，但連上廁所蹲大號都有人跟著，那就大大不是滋味了。

財發雖然扮演乩童，經常迎神送鬼，多少也經驗一些鬼魅之事，但像這回被「無形的」跟上，還是頭一遭，心裡不禁困惑。

細看那黑影，雖然朦朦朧朧的，但從身影看來，應該是年輕小姐模樣，且留有長長頭髮。隨即聯想到：「會不會是上午在鴻星福號漁船上超渡的那個女亡魂？可是為何老跟著我？」連財發和他朋友去卡拉OK唱歌喝酒，她也靜靜地站在牆角看著、等著。

連續兩、三天皆是如此，白天還好，鬼不見天日，不會來打擾。可是，一到晚上，那個女亡魂便像「上夜班」一樣，很準時地自動來報到。

財發被「纏」得都快瘋了，不是怕鬼，而是那種被「盯」的感覺很不舒服，他決定和「她」談談，溝通溝通。

午夜時分，財發來到一棵大樹下，找了塊大石頭坐下來，「黑影」距離他四、五步遠，定定地站著。

財發朝那「黑影」瞄了眼，說：「小姐，我跟妳無冤無仇，沒啥瓜葛，妳為什麼老喜歡一直跟著我？」

只聽得那「黑影」幽幽地說：「誰說我喜歡跟著你？我也是不得已的。」

「不得已？有人逼妳嗎？」財發覺得莫名其妙，便問：「此話怎講？」

「黑影」說：「旺仔船長送我回來，我當然很感激他，祭拜的時候，他跟我說，要我好好跟周爺走，我就只好跟你走囉！」

財發一聽，不禁「幹！」的一聲脫口而出：「死旺仔，什麼話不好說，竟說跟周爺走，難怪天天跟著我。」

心裡既好氣也感到好笑，幹乩童這麼久了，還是頭一遭碰到這種烏龍事件。但既然遇上了，事情總要講個明白，免得女亡魂錯失投胎轉世的好時機，而自己天天被跟著也不是辦法。

便委婉地對「黑影」說：「小姐，我只是個乩童，是三太子的附身，照道理說，妳是應該跟三太子爺走，而不是跟我走，是旺仔船長講錯了。但沒關係，等明天，我起壇祈求三太子爺帶妳走，好讓妳早日超生，重新投胎轉世，好不好？」

「黑影」微微頷首，表示首肯。

離去時，財發突然想到什麼的，回頭對「黑影」說：「還有，拜託，以後別再跟著我啦！好嗎？」

黑暗中，看不清「黑影」表情，但應該是同意了，因為才一轉身，「她」已不見了……。

後話——

一家宮廟慶賀神明誕辰，熱鬧的不得了，三名年輕乩童坐在廟前大板凳有說有笑。突然其中一個猛衝進廟裡，對著神桌「咚咚咚」用力磕了三個響頭，然後一頭塞進神桌下橫木，再拉不出來。事有蹊蹺，老廟祝一問之下，原來這傢伙昨晚去嫖妓，未淨身嘴巴又不乾淨，難怪神明處罰他，這是我親眼所見，玄否？

少年耶，麥凍路！

狹窄的橋面上有三、四個模糊人影，有的站在橋中央，有的坐在橋頭上。羅主管看了，心裡不禁惱火：「這些年輕人真不像話，竟在橋上戲耍，叫人怎麼過？」

羅巡佐，一個鄉下派出所主管。

標準的短小精幹型，面皮黝黑，筋骨結實，不像個警察，倒像個莊稼漢。

別看他只是個一線三星的巡佐，局長、分局長看到他，都得敬重三分，一來是他年紀大、資格老、經驗豐富，二來是他個性耿介，又很敬業盡責，兼處事公正嚴明，很受地方民眾肯定。

有他在，地方平靜多了，一些小混混更甭提了，看到他就像看到閻羅王一樣，能閃就快閃，早被教訓得乖乖的。

羅主管年輕時幹過日本警察，或許威嚴架勢擺慣了，出口閉口「巴格也魯」（日語「混蛋」之意）。大家聽慣了，也不以為忤，反正是口頭禪嘛！不來上幾句，反倒覺得不像他了，村民都知道羅主管是個面惡心善、心直口快的人。

他很滿意調到這個鄉下派出所來，勤務輕鬆不說，派出所背山面海，風景好空氣也好，真是個修心養性等待退休的好地方。

所裡幾個小伙子也不把他當主管看，經常「歐吉桑」長、「歐吉桑」短，叫得好不親熱。羅主管也把他們當自己小孩看待，派出所就像他們的家一樣。

村裡頭一向很平靜，沒什麼事，除偶爾有村民喝了酒鬥嘴吵架，及原住民酒醉了倒臥路旁，需派員護送回家外，幾乎不曾有重大事件發生。

唯一令他傷腦筋的是轄區裡，那一座被俗稱為「死人橋」的「四郎橋」，三不五時就有人栽下去。在他到任不久以前，聽說還摔了一部軍用吉普車，死了四個阿兵哥。

村民都說那座橋橋名取得不好，「四郎橋」台語諧音不就是「死人橋」，哪有不死人道理？再加上經常出車禍，村民穿鑿附會，無不視「四郎橋」為畏途。但該橋卻是東海岸公路必經之橋，只好每次經過時，唸上幾句「阿彌陀佛，佛祖保佑！」或「阿門所門，天主保佑！」，求個心安。

前些天，一個外地來的年輕人騎機車經過那裡，不曉得是路況不熟，還是車速太快，竟連人帶車栽下去，幸好被人發現，及時救了上來，只受了點皮肉傷。事後，問他怎麼回事？竟說他騎車到那裡，感到一陣陰涼，人覺得暈眩，之後眼前一片黑，他就什麼都不知道了。

羅主管一聽，脫口而出：「巴格也魯！見鬼！大白天怎會有那個東西？」他認為這座狹橋建於日據時代，橋面又窄又小，講不好聽一點，就只夠牛車通行。何況那個地方又是個彎道，視線不良，加上橋頭兩端雜草叢生，又沒設警告標誌，若駕駛人路況不熟，再來個逞強逞快，豈有不發生事故之理？自己開車不小心，倒怪起鬼神來了。對此，羅主管很不以為然，對傳言有人碰到「歹物」之事，更斥為無稽。

這一天，村子裡拜拜，晚上，羅主管到村長家做客。在座的都是上了年紀的老者，酒酣耳熱之餘，不覺提起二次大戰末期，美軍空襲東海岸，大家躲警報的趣事，少不得加油添醋，吹噓一番，也有人大談靈異經驗，是真是假，沒人在意，反正胡謅瞎掰，都當作喝酒助興。氣氛很熱絡，酒更是大杯大杯地乾，酒醉飯飽，賓主盡歡。

已晚上十點半，時間不早了，羅主管帶著濃濃酒意，跨上他那部老爺機車，「噗！噗！噗！」地上路了，準備回派出所。

夏夜，在東海岸公路上騎機車，實在是一種享受，車少人稀，海風徐徐吹來，吹得人沉沉欲睡，舒服極了。

羅主管慢慢地騎著，儘管今晚喝了不少酒，但自忖酒量不錯，神智還很清楚。快接近「四郎橋」時，他刻意放慢機車速度，因為這一帶路況不怎麼好，晚上光線又暗，雜草又多，可別失神摔了跤。

才轉彎正要上橋，卻見狹窄的橋面上有三、四個模糊人影，有的站在橋中央，有的坐在橋頭上。羅主管看了，心裡不禁惱火：「這些年輕人真不像話，竟在橋上戲耍，叫人怎麼過？」

又想，一定不是本地人，本地小鬼一看到他早就閃了，哪敢擋駕？仗著幾分酒意，羅主管遠遠就喊道：「吔！少年耶！麥凍路（別擋路）。」可那幾個年輕人好像吃了熊心豹子膽，對羅主管的吆喝睬都不睬，依舊盤據在橋上。職業的本能，使羅主管起了戒心：「會不會這幾個小鬼想為非作歹？」

正待騎上前盤問，冷不防地一陣令人不寒慄的陰冷寒風迎面襲來，羅主管忍不住打了陣哆嗦，酒意也清醒了大半。他警覺氣氛好像不太對勁，但「鐵齒」的個性，使他更想一探究竟。

他亮著機車大燈騎上橋，坐在橋頭上的年輕人背對著他，羅主管從他旁邊騎過去，他頭回也不回，瞧都不瞧羅主管一眼；另一個手插腰站在橋中央，態度甚是倨傲的樣子，其餘兩個則站在另一端橋頭陰暗處，看得不是十分真切。

羅主管將車騎到站在橋中央那個年輕人面前，正要開口問話，車子卻突然熄火了，連大燈也熄了，周遭頓時陷入一片伸手不見五指的漆黑中。

「咦！怎麼會這樣？」羅主管低頭察看了下機車，但黑暗中什麼也看不到，等眼睛稍為適應周遭黑暗景象後，旋即抬起頭來要問年輕人話。

但令他詫異的，眼前這個年輕人竟然不見了，連不遠處那兩個也不見了，回頭看看坐在橋頭上的那個也不見了。

「邪門！」羅主管心裡有數，這回真的遇見鬼了。否則，怎麼才一轉眼工夫，四個年輕人都憑空消失？真的遇見鬼了。

可羅主管也不是好惹的，畢竟刑案辦多了，死人也看多了，還怕這些小鬼不成？車子發動不了，他索性坐在橋頭上抽菸，等待有車子經過時，攔個便車回派出所。但左等右等，卻始終不見有車子經過，那個地方又陰森森地，怪不是滋味。

羅主管等得不耐煩了，忍不住破口大罵：「巴格也魯！你娘的！也不問問看我是誰？竟敢跟我開這種玩笑。今天算我倒楣碰到你們，不過，我可要警告你們，不要隨便出來嚇人或抓替身，不然，我跟你們沒完沒了。」

羅主管忿忿地咒罵了頓，卻沒任何回應，心裡不禁嘀咕：「今晚可真是犯沖，竟然一部車子也攔不到。」

想想再等下去也不是辦法，看樣子只好推著老爺機車回派出所了。站起身來，忍不住又罵了聲：「巴格也魯！」

正當他將機車緩緩推離橋上時，機車竟「噗！噗！噗！」自行發動起來，倒嚇了羅主管一大跳，不由自主地起了陣「加侖筍」（打冷顫），他感覺得到全身雞皮疙瘩都站起來了，連頭皮都發脹，頭髮都直了。

開亮大燈，他像逃空襲般地趕緊騎離「四郎橋」，驚悸的過程，仍歷歷在目地在腦海裡浮現著。在橋上遇見的那四個「少年囝仔」，莫非就是之前摔下「四郎橋」的四名阿兵哥？

羅主管心裡想：「年紀輕輕就送了命，總是有遺憾的，幸好他們只是出來嚇嚇我，否則……，看來還是別鐵齒好，明天趕快買些紙錢，燒給這四名阿兵哥吧！也拜託祂們別有事沒事出來嚇人。」

後話——

高中同學的爸爸就在東海岸當警察，經常一個人夜晚騎機車巡邏，好幾回機車莫名熄火，總要幹譙上幾句，才能正常上路，習慣了，就當作是好兄弟在跟他打招呼。

「四郎橋」還在，但因海岸侵蝕，陸地逐年往內縮，橋不久可能就會沉入海裡，如果不幫它寫點故事，很快就真的會消失。

拿大鎚來！

長興叔拿手電筒四處瞧瞧，並沒有發現任何異狀，轉身正要走出機房，突然一個低沉陌生的中年男人聲音緩緩地叫著：「拿大鎚來。」

阿輝退伍後，就一直賦閒在家，他老爸看他整天遊手好閒，無所事事的樣子，也不是辦法。便對阿輝說：「阿輝，隔壁火旺伯找我合資想買一條漁船，我看就由你來接手好了。」

阿輝聽說可以當船長，眼睛為之一亮，二話不說，滿口答應。

阿輝是水產學校畢業，曾隨船出海過幾次，駕船、游泳、捕魚、修護輪機……，都難不倒他，對他來說，都不是問題。

漁船不大，是艘二十噸級的中古小漁船，但阿輝很滿足了。他認為大船和小船都一樣，就像大型菜車賣菜、賣蔬果什貨，小貨卡就賣包子、饅頭，各有營生目標，互不妨礙，不會因為船小，就覺得矮人一截。

有了努力目標，阿輝一改先前懶散模樣，全心投入漁船的翻修工作，另外，也找來三名年紀相仿的年輕船員，他老爸則找來年紀較大，航海經驗豐富的長興叔來協助他們。

漁船整修近一個月，期間也試俥了幾次，但老是小毛病不斷，始終沒辦法順利出港。後來長興叔猛一想到，原來還沒有祭拜水神和好兄弟，怪不得船開不動。

忙找堪輿師擇了個黃道吉日，張羅了豐盛的雞鴨魚肉、三牲四果，外加一大堆金紙，就在船頭祭拜。阿輝帶領四名船員虔誠上香膜拜，祈求行船平安，滿載而歸。

第二天，船順利出港，一切都很順當，阿輝高興極了。在長興叔指導下，大夥兒很快進入狀況，各有所司，分工合作。在海上巡航了兩天，果然滿載而歸，大夥兒都很高興，阿輝老爸還特地擺宴為大夥兒慶功。

如是出海三、四趟，一切都很順利，機器、儀表和輪機都表現正常，船在海上來回巡航，追捕魚群。

忙了一整天，大夥兒都累了，吃過晚飯後，長興叔掌舵，四個小伙子則早早上床睡覺了。

半夜，阿輝在睡夢中，聽到艙底輪機發出「吱、吱、吱」的金屬磨擦聲音，便起身下到機房檢視輪機。

正當他拿著手電筒仔細查看輪機時，黑暗中，突然有人喊道：「拿大鎚來。」

阿輝嚇了一大跳，「怎會有陌生人的聲音？」長興叔在駕駛台，阿福、俊成和阿雄在床艙裡睡覺，那會是誰？難道是偷渡客偷摸上船？可是為什麼又喊著：「拿大鎚來。」

阿輝提高警覺，拿著手電筒迅速察看四周，但什麼也沒有。阿輝疑惑著，會不會是自己太敏感了，便又轉身檢視輪機，發現有一根鐵線掉落在馬達皮帶上，斷續地發出「吱、吱、吱」聲響。

拿出鐵線，正要走出機房，那個聲音又出來了──「拿大鎚來。」低沉、緩慢、平調的聲音，聽得阿輝不由自主地全身都起了雞皮疙瘩。當下，只一個念頭：「船上有歹物。」

忙衝到駕駛台，對正掌舵的長興叔緊張地說：「機、機、機……機房有鬼。」一緊張，說起話來竟結結巴巴，活像口吃一樣。

長興叔看阿輝五官縮做一堆，緊張兮兮模樣，覺得好笑，猜想一定是白天工作太累了，晚上做惡夢。便拍拍阿輝肩膀說：「你來掌舵，我下去看看。」

才離開駕駛台，走沒幾步，腳卻像被什麼東西絆到，一個踉蹌，摔了個狗吃屎，長興叔不禁心裡一緊，忙拿手電筒照射走道，卻什麼也沒有。心想，可能是自己走太急，不小心絆腳了。

下到輪機房，長興叔拿手電筒四處瞧瞧，並沒有發現任何異狀，轉身正要走出機房，突然一個低沉陌生的中年男人聲音緩緩地叫著：「拿大鎚來。」

儘管長興叔力求鎮定，但漆黑中，那種恐怖陰森的感覺，仍讓他忍不住打了個寒顫，手腳也不聽使喚地顫抖起來。跌跌撞撞地回到駕駛台，忙叫阿輝備香，向設在駕駛台的媽祖神位上香，祈求保佑平安。

看看時間才凌晨二點多而已，阿輝也不敢回艙裡睡覺，長興叔也巴不得阿輝留下來陪他。二人對看了眼，彼此臉色都不怎麼好看。

長興叔沉吟著，心裡很是納悶，跑船那麼久了，還是頭一次碰到這種事，難道說這艘中古漁船「不乾淨」？

外邊海面風平浪靜，只聽得輪機規律的「噗、噗、噗」聲，但駕駛台裡則似乎是鬼影幢幢，風聲鶴唳。二人默默抽著煙，不敢作聲，但又尖著耳朵警戒著，提防黑暗裡突然再冒出一聲：「拿大鎚來。」

漫漫漆黑海上，漁船慢慢航行著，但今晚這夜似乎過得特別慢，尤其那股幽暗、陰森、恐怖的氣氛，教人有著種窒息、喘不過氣來的感覺。雖然阿輝緊靠著長興叔掌舵，但身體仍不由自主地微微打著哆嗦。

清晨四點多，天際微亮，長興叔噓了口氣，欣慰地對阿輝說：「天快亮了，天亮了就沒事。」

才說完，只見阿福呼天搶地，驚慌失措地衝到駕駛台，指著後邊的廚房結巴地說：「廚、廚、廚房有人……。」

長興叔以為有人潛上來，隨手抓了根木棒，吆喝著阿福和阿輝一起到廚房看個究竟。手電筒一照，也是空空如也，進到船艙，只見俊成和阿雄睡得像條死豬，不曉得「好兄弟」早已搭便船來了。

三人回到駕駛台，長興叔問阿福到底怎麼回事？

阿福說，他睡到半夜，隱約聽到阿輝和長興叔在駕駛台講話，但因很睏，不知不覺就睡著了，然後聽到廚房傳來有人煮飯炒菜的聲音，阿福以為是俊成或阿雄肚子餓了，起來煮點心吃，可是轉頭一看，他們兩個人睡得好好的，還打呼呢！

船上就五個人，長興叔和阿輝在駕駛台，俊成和阿雄還在睡覺，那會是誰在廚房煮飯炒菜？

阿福躡手躡腳地摸到廚房邊，探頭往內看，昏暗燈光下，一個模糊的黑影站在炒鍋前揮舞著鍋鏟，發出炒菜的聲音，但炒鍋內卻甚麼東西也沒有。

阿福正疑惑間，忽然，一陣冷颼颼冰冷的陰風迎面吹來，吹得頭皮一陣涼，嚇得拔腿就往駕駛台跑……。

好不容易捱到天亮，大夥兒終於鬆了口氣，但經過一晚的驚嚇折騰，早已無心作業，急著想回去瞭解個究竟。

回到岸上，長興叔和阿輝說明了昨晚的遭遇，阿輝的爸覺得不可思議，但也知道事態嚴重，不問個清楚，往後出海可能會狀況連連，搞不好還會鬧船難呢！忙找原來的船東問明原委。

船東這時才說出真相，原來這艘漁船在一次航海途中，輪機發生故障，一位五十多歲的船員在維修時，突然心臟病發，當時船在海上又故障，延誤就醫，就死在船上。

此後，每當夜晚出航，機房便傳出「拿大鎚來。」聲音，嚇得船員再不敢上船，船東無奈，只好把這艘漁船便宜賣了。

阿輝的爸考慮了很久，這艘船再轉賣出去，恐怕沒人要，同時也缺德，那怎麼辦好呢？

最後，聽從長興叔的建議，請了法師到船上來，隆隆重重地辦了場超渡法會，虔誠告知那位好兄弟，請他好好投胎轉世去，勿再流連漁船上，祈求人船平安，別再出來嚇人了。

當然，往後那位「大鎚先生」，再也沒有現身過。

後話——

我曾在海軍驅逐艦當政戰預官，驅逐艦購自美國，連帶附贈美國蟑螂、老鼠及在韓戰中殉職的美國大兵陰魂。一晚一位士官長巡查後舵房，就遇見全身是血的美國大兵仍在掌舵，嚇得他病了好幾天。對這些很盡職負責又很執著的好兄弟，除致上最大敬意外，還是希望祂們沒事少出來嚇人為妙。

先生，送我到車站好嗎？

好一會兒，再度有人敲車窗，邊敲邊哀求道：「先生，拜託啦！送我到車站好嗎？」是一個原住民腔調女孩的聲音。

東海岸玉石遠近馳名，總統石、藍寶石、年糕玉、黃玉髓、白玉髓……等，都是許多玩家撿拾蒐藏的珍寶。

每逢假日，東海岸海邊，特別是東河到成功一帶，便聚集很多喜愛寶石的同好在那裡撿石頭。內行的看門道，外行的湊熱鬧，各取所需各得其樂，構成一幅熱鬧景象，也蔚然成為一種既可賞海戲水，又可散步兼尋寶的新興休閒活動。

阿斌也是玩家，蒐藏不少他在東海岸撿獲的寶石，有質地不錯的，他還請人代工磨成戒面或墜子送給老婆或親友當禮物。在他來說，寶石永遠只嫌少不嫌多，因此，一有空便往海邊跑，希望撿到更好的寶石。

只是有一點跟別人不一樣，人家都是白天撿寶石，阿斌卻是晚上才去。理由是白天工廠忙走不開，何況白天海邊人多，一點都沒撿石頭那番閒情雅緻氣氛，晚上一個人悠閒地在海邊撿石頭，多逍遙愜意啊！

說的是沒錯，只是三更半夜獨自一個人在海邊撿石頭，那也未免太嚇人了吧！

但或許阿斌生就一副凡事無所謂，不在乎個性，根本不把靈異鬼魅之事放在心上。他常說：「平時不做虧心事，半夜不怕鬼敲門，驚什麼？」照常還是晚上一個人到海邊撿石頭。

對他這種特異行徑，有人說他「大膽」，有人說他「憨膽」。但不管是大膽還是憨膽，阿斌始終是那副天塌下來有高個子的人頂，一副玩世不恭德性。

只是夜路走多了，遲早會遇見鬼。阿斌也不諱言他曾有兩次遇見鬼的經驗，雖然沒有直接打照面，但「隔空交談」也算得上是第三類接觸。

第一次是在東河海邊，大約晚上十一點多光景，寂靜漆黑的海灘上，就只阿斌一個人。

當他拿著手電筒俯身專注搜尋寶石時，驀地，背後傳來帶有濃厚外省腔調的中年男子聲音對著阿斌說：「不要在這裡撿石頭，不要在這裡撿石頭。」聲調十分低沉緩慢。

任憑阿斌再大膽，聽到這個不甚友善也不怎麼好聽的聲音，心裡也不禁一陣驚悚。海邊就只他一個人，再沒有別人，何況從來也沒聽說過不能在海邊撿石頭。

「這回真碰上好兄弟了。」阿斌忖度著。

但或許常往廟裡跑，聽多了神鬼故事，馬上知道是怎麼回事，阿斌頭也不回也不答腔，一股勁地快步離開海邊，開車溜之大吉。

這是阿斌第一次「見鬼」經驗。第二次則是在成功海邊，半夜十二點多光景。正當阿斌低著頭專心搜尋寶石時，暗地裡突然有小孩叫他：「叔叔，我肚子餓，給我東西吃好嗎？」

阿斌嚇了跳，三更半夜怎會有小孩跑到海邊來跟他要東西吃？他馬上連想到是怎麼回事。雖然對方是「小鬼」，但阿斌也不敢掉以輕心，心裡默唸著：「南無阿彌陀佛！」頭也不敢回，只嘴巴漫應著：「好啦！下回會幫你帶來啦！」也沒心情再撿石頭，一溜煙跑掉了。

有過這兩次經驗，阿斌學聰明了，每次到東海岸海邊撿石頭，他都會事先準備些紙錢、餅乾，到海邊燒給那些「好兄弟」，一來有拜碼頭尊重「地主」之意，二來也保佑他多撿些好寶石。

如此一來，倒也相安無事，再沒有「人」三更半夜叫他不准撿石頭或要東西吃。阿斌還有點自鳴得意，對朋友說他已經融入東海岸海邊的另類「社交圈」了。

只是這一回不一樣。阿斌聽說成功鎮正施工中的垃圾掩埋場挖掘出很多各類寶石，吸引很多人前往撿拾。都是趁怪手休息之際，一窩蜂地湧上前搶拾，令現場施工人員困擾不已。就像吃流水席時，一群貪婪的蒼蠅圍繞在四周一樣，趕也趕不走，揮也揮不掉。

到最後彼此也有默契了，工程進行中，任何人只可遠觀不得靠近，以免發生危險；而怪手也會在施工一段時間後歇息，開放讓這群在旁虎視眈眈，覬覦已久的「石客」進場尋寶，偶爾怪手司機也會搶得機先，撿到好寶石。

阿斌當然不會去湊這個熱鬧，他好整以暇地慢慢開車到成功垃圾掩埋場工地邊，四周烏漆抹黑，伸手不見五指。雖然不是很靠近海邊，但因地處空曠，海風嘯嘯，尤其在寒冬夜晚，強勁風勢吹得人有點受不了。

阿斌看看手錶已午夜一時十分了，尚未有所斬獲，不如先睡一覺，待會兒再起來繼續尋寶吧！便回到他小發財貨車裡，夾克往身上一蓋，蒙頭就睡。

半夜，有人輕敲著小貨車的車門窗，發出「喀、喀、喀」的聲音。阿斌好夢正酣，那堪人干擾，隨口漫應道：「麥吵啦！我要睡覺。」翻個身又睡。

好一會兒，再度有人敲車窗，邊敲邊哀求道：「先生，拜託啦！送我到車站好嗎？」是一個原住民腔調女孩的聲音。

阿斌正好睡，怎堪再受干擾，不耐煩的揮手道：「麥吵啦！我要睡覺。」

話才說出口，阿斌便警覺不對，三更半夜又是荒郊野外，怎會有小姐來敲他的車窗，拜託他送她到車站？

阿斌感覺不對勁，一骨碌地爬起身來，尚未定神，就看到前面擋風玻璃上，一個留著長髮的女孩子正定定地望著他。那是一張沒有表情的臉，兩個眼窩深深黑黑的，看不到黑睛白眼，臉則是死人般的臘黃色。

阿斌睡眼惺忪，意識還未回復過來，猛然看到一張表情不怎麼好看的臉正望著他。「啊！」的一聲，驚嚇得不自覺地張大著口，他只感覺背脊一陣涼，頭皮發脹得厲害，手腳也不由自主地顫抖起來。

這一驚嚇，阿斌睡意全消，他已意識到有「人」找上門來了。因空曠野地上就只他一部小貨車，四周烏漆抹黑地伸手不見五指，而他的車燈也是熄著的，可是那個小姐好像自備手電筒似的，就站在擋風玻璃前朝自己臉打燈光，好讓阿斌看得真切些。

任阿斌再大膽、膽大，這回真遇上鬼了，而且是「面對面」的打照面。看著看著全身不由得哆嗦起來，一心只想趕快脫離那個鬼地方。

慌亂中，阿斌先打開車前大燈，大燈一亮，那位「小姐」也瞬間消失。阿斌急著發動車子，但天氣冷氣溫低，試了幾次就是發動不起來，急得阿斌嘴裡直唸著：

「阿彌陀佛，阿彌陀佛，菩薩保佑——。」

好不容易車子發動了，阿斌猛踩油門，顧不得垃圾場地面凹凸不平，悶著頭一股勁地衝到公路上去。

阿斌驚魂未定，順著路開到漁港，碼頭上鬧哄哄的，早有漁船準備出海作業，阿斌看到漁港裡人聲鼎沸，人氣很旺，方才放下一顆驚嚇的心來。

找了家早點店，阿斌叫了碗熱豆漿暖暖身，老闆看他神色不對，關心的問是不是人身體不舒服。

阿斌便把在垃圾場碰到的那一段「奇遇」跟老闆述說了一遍，老闆聽了直呼不可思議。

事情原委是這樣的，大約半年前的一個夜晚，當地一位阿美族姑娘和她男朋友到垃圾場預定地點約會。由於四周漆黑，視線不明，那位阿美小姐不慎失足墜崖身亡。豆漿店老闆和那位小姐熟識，曾聽她說過要到台北工作，或許因為心願未了，所以才會央求阿斌送她到車站，想搭便車到台東，再轉搭火車上台北。

阿斌聽了老闆說明也覺不可思議，但想到那位小姐心願未了一心想上台北，不禁心生惻隱，便就近到金紙店買了香和紙錢，又回到他昨晚和「她」邂逅的地方祭拜聊表心意。

有了這三次的「第三類接觸」之後，阿斌再不敢晚上一個人到海邊摸黑撿石頭了。

後話——

東海岸盛產寶石，很多原住民都會到海邊撿拾，然後在公路旁擺攤販售，識貨的過路客，有時會幸運找到寶。阿斌在朋友圈裡是屬於「錯屁等級」的，自認天不怕地不怕，所以常一個人晚上到海邊撿寶石。不過，經過那次被阿美族小姐半夜「搭訕」後，他收驚也收斂多了，再不敢錯屁。

正午出現的身影

阿萬仔今天好像怪怪的，不但鐵青著一張臉，臉色還十分灰黯，更令林老闆詑異的是，「怎麼全身溼溼的，像剛淋過水一樣，還看得到水滴在滴呢！」

和財叔、發哥在麵攤「散飲」，喝了三瓶啤酒後，阿勇有點微醺地回到家，才一進門，老爸就對他說廖萬伯失蹤了。阿勇嚇了一跳，酒也醒了大半，忙問：「什麼時候？」

「聽說上午就不見了，有人在港邊防波堤上看到他的機車，可是沒看到人，到天黑也沒回家，他家人很著急，擔心會不會出什麼意外。」

「上午？不會吧！我下午還在魚貨拍賣場看到他呢！」阿勇一臉狐疑。

「你看到廖萬伯？」這下換阿勇老爸驚奇了。

「什麼時候？」阿勇老爸覺得蹊蹺，人上午失蹤不見，阿勇怎會在下午還看到他呢？

「我想想看。」阿勇用手指頭戳了戳腦袋，用力回想。

然後說：「大概下午四點半左右吧！我那時船剛回港，幫財叔和發哥卸完魚貨後，看看沒事，就去看人家拍賣魚貨。」

「你看到萬伯的時候，他有沒有看到你，還有，他跟平常有什麼不同？」老爸兩眼緊盯著阿勇，急切地想知道到底是怎麼回事。

「這個嘛……。」阿勇偏著頭，想了想說：「我看到他時，他剛好就站在我對面，當時圍觀拍賣的人很多，我有看到他，他沒有看我，不過……。」

「不過怎樣？快講啦！」阿勇老爸焦急得有點不耐煩。

阿勇奇怪老爸今天怎麼變得急躁了，也不敢嘻皮笑臉，正色地說：「我看到萬伯臉色不是很好看，表情陰陰的，最奇怪的是頭髮還濕濕的，好像剛淋過水。」

聽到阿勇講廖萬伯頭髮濕濕的，像剛淋過水，阿勇老爸腦際閃過一股不祥預感——「莫非萬伯真的失足落海了。」

廖萬伯是漁船老船長，年輕時曾叱吒風雲一時，在當年鏢旗魚時代，曾創下最高漁獲紀錄，被譽為是「鏢旗魚達人」。後來年紀大了，就把漁船交給兒子經營，閒來沒事，就村子裡找一些老友泡泡茶、喝喝小酒、聊天打屁，日子過得挺逍遙自在的。

但自從去年他老伴過世後，萬伯便顯得神情落寞、鬱鬱寡歡。他和兒子媳婦住在一起，兒媳都很孝順，孫子也常纏著萬伯要他騎機車載他四處兜風。

真正說來，萬伯老來清閒又含飴弄孫，應是人生最大樂事，只是身邊少了個陪同走過大半人生的老伴，心裡究竟不捨，頗有形單影隻、顧影自憐的感覺，有時還看到他獨自一人低著頭哀聲嘆氣呢！

萬伯失蹤的消息，很快傳遍整個漁村，萬伯在地方算是知名人士，除了鏢魚技術一流外，他個性開朗，為人隨和好逗陣，平時又急公好義、樂善好施，很受地方敬重。聽說他失蹤了，村裡男女老少幾乎全體總動員幫忙尋找。

萬伯很少出遠門，他唯一的交通工具就是機車，一整天看不到人，確實有點不尋常。

聽萬伯媳婦說，早上她公公吃完早飯後，只說要到附近走走，隨後就騎機車出門。

平時萬伯要去哪裡，或中午要在誰家吃飯，都會事先和家人講的，但那天直到中午用餐時間，仍等不到萬伯回家吃飯，甚至到下午兩點多還不見萬伯蹤影，就不由得家人不緊張了，擔心會不會發生什麼意外。

漁村不大，可是怎麼找就是找不到，連村長都納悶說：「不可能啊！村子就那麼大，怎會找不到人？」

「再找，仔細地找，每個角落都不要漏掉。」他發動村裡的年輕人再次幫忙尋找。

到下午六點半，接近天黑的時刻，傳來了消息，說找到了萬伯的機車。原來萬伯的機車就停放在東堤的防波堤上，那個地方較偏遠，除了漁民停靠膠筏外，很少有人會到那裡去，萬伯的機車剛好又被一大坨廢棄的魚網擋住，從港區這一頭看過去，根本看不到機車，所以一直沒被發現。

說來也是巧，在當兵的阿東休假回家，接近黃昏時候，牽著狗散步，不知不覺往東堤走，這才發現萬伯的機車。

萬伯的機車很好認，他唸小三的孫子，在他的機車擋風板上貼了很多「萬」字貼紙，因為阿公常載他上放學或兜風，萬伯的機車彷彿就是他的專車。

村長、漁會理事長和派出所所長很快趕到防波堤，是找到了機車，可是人呢？防波堤外，是一大片沙灘，但除了林投樹，什麼也沒看到。

眾人猜測，會不會不小心掉到港裡？

由於天色已暗，什麼都看不到，眾人商議，等明天大白天再繼續找吧！

第二天天一亮，村長就召集一些村民再到發現萬伯機車的地點察看，研判萬伯失足落海的可能性較大，便徵求在場年輕人下到漁港裡幫忙搜尋。

阿勇是萬伯從小看大的，萬伯有難，他義不容辭，二話不說，鞋子衣服一脫，就跟著另兩個自告奮勇的年輕小伙子潛到水底下，找看看有無萬伯的身影。

天氣很好，陽光十足，港區的水雖然污濁，但能見度還算不錯，只是上面停泊了十幾條膠筏，尋找起來費力些。就這樣來來回回、上上下下，約莫搜尋了半個鐘頭，卻毫無所獲。

漁會理事長和萬伯是稱兄道弟的好朋友，看到三個小伙子游上岸來，對著他搖搖頭，意思是沒找到人。

「唉！」他重重地嘆了一聲，焦急地在堤上來回踱步，回頭跟村長說：「機車停放在這裡，人卻不見，而且已經過了一天一夜還沒回家，不可能憑空消失吧！我看八成是掉到水裡了。」

說罷，轉頭對身後一群圍觀的村民說：「這樣好了，麻煩各位相親再下去幫忙找看看，找到的人，我懸賞一萬元紅包。」

有道是「重賞之下，必有勇夫」，才一轉眼，七、八個年輕人都紛紛下海了，阿勇也跟著再潛水下去。有無賞金是其次，他只希望趕快確定萬伯的下落，萬一有個三長兩短，也希望他能早日入土為安。

污濁的港灣裡，多了七、八條翻滾的人魚，變得好熱鬧，陽光從停泊的膠筏縫隙中照射下來，增加水底的明亮度。七、八個游泳好手在水裡來回穿梭，地毯式地搜尋，可是除了污泥、垃圾外，依然沒看到萬伯的蹤影，只好一個個又游上岸。

阿勇正待浮出水面，忽然感覺有一樣東西卡在他右肩上，他以為是纜索或魚網，本能地伸出左手想把它撥開。就在他的手和「那個東西」碰觸的剎那，阿勇嚇了一跳，那分明是一隻人的手——一隻冰冷僵硬的手。

阿勇被這突來的「搭肩」動作嚇了一大跳，但也不過是一、兩秒鐘的光景，他已意會到是怎麼個情況了。畢竟他也是「討海人」，大風大浪見多了，出海捕魚偶爾也會撈到浮屍，這隻突然出現的手，顯然就是萬伯的手。

阿勇先浮出水面，深深地吸了口氣，再度潛下水，這回他不再是頭朝下的「直潛」，而是頭朝上的「仰潛」，這樣他才能看清楚膠筏底下卡了什麼東西。

果不出所料，當阿勇再度潛下去，仰頭察看膠筏底部時，他看到了萬伯的身體就卡在膠筏底端，兩隻手隨著水流漂啊盪著的，好像在招手一樣，剛才阿勇就是被萬伯的右手「搭肩」了。

確定周遭沒有其他障礙物之後，阿勇游到萬伯身邊，心裡默唸：「萬伯，我帶您回家吧！」隨後雙腳抵著竹筏底端，用力一蹬，把萬伯拖出水面來。

看到阿勇把萬伯屍體拖上岸，堤上圍觀的人群一陣驚呼，萬伯的家屬則是一擁而上，跪在萬伯冰冷的屍體旁哭成一團。

阿勇完全沒有「得獎」的喜悅，心裡只是感到哀傷。一個他從小就熟識，又很受村民敬重的長輩就這麼莫名地往生了，令人不勝噓唏。

萬伯的死，被證實純係意外墜海，可是他為何會騎機車到偏僻的東堤？又為何會失足落海？村民百思不解。

更令人訝異的是，萬伯失蹤的當天，不只阿勇下午在漁貨拍賣場看到他，連柑仔店賣雜貨的林老闆也說中午時刻還看到他呢！

林老闆說，萬伯失蹤當天，大約中午一點左右，他剛吃過中飯，端張躺椅在店門口納涼。

天氣很熱，又剛好是中午時刻，街道上幾乎沒有人，他邊煽扇子邊聽收音機，老遠便看到萬伯騎機車過來，他當時還納悶：「大熱天，又是中午時刻，他騎機車要去哪裡？」

等萬伯騎靠近時，他對萬伯喊道：「阿萬仔，透中午你要去哪裡？」

萬伯沒理會他，連正眼都不瞧一眼，機車直直往前騎去。

林老闆很困惑：「阿萬仔今天是怎麼了？平常跟他打招呼，都會熱情回應，今天跟他打招呼，卻不理我，還裝作不認識樣子。」林老闆心想，會不會萬伯跟家人

鬧彆扭，心情不好，要到外面散心？

賭氣、心裡不爽，看到人視而不見、不打招呼是可理解的。不過，阿萬仔今天好像怪怪的，不但鐵青著一張臉，臉色還十分灰黯，更令林老闆詫異的是，「怎麼全身溼溼的，像剛淋過水一樣，還看得到水滴在滴呢！」

既然跟他打招呼，沒有回應，林老闆也不想自討沒趣，看著萬伯漸去漸遠的身影，搖搖頭，繼續聽他的收音機。

等街坊傳出廖萬伯失足落海的消息後，林老闆不禁驚呼：「那我那天中午看到的阿萬仔，豈不是他的鬼魂？」

廖萬伯的死因眾說紛紜，有人說是想念亡妻殉情，有人說他是被「魔神仔」帶走的，真正原因沒人知道。只是何以中午時刻，全身溼漉漉地騎機車出現在馬路上，被林老闆遇見，下午又出現在漁貨拍賣場被阿勇看到？就真的奇了。

萬伯意外死亡，帶給村民很大感傷，也留下一堆迷團。大家猜不透到底發生了什麼事？除了歸因「不可說」的靈異外，似乎再沒有更好的解釋了。

後話——

萬伯其實是我很要好的朋友，他意外離世，很多人很不捨。喪事辦完沒幾天，一晚夢到他騎腳踏車載我在烏石鼻附近公路兜風，他骨灰就安厝在附近公墓。次日，我打電話給他女兒告之夢境情形，她竟說：「蕭叔叔，早上很多爸爸的朋友打電話來說，昨晚都有夢見爸爸去找他們。」巧合？玄奇？

南迴線篇

老兄，給根菸吧！

正當他起身想往岸邊走時，不經意地瞄了下那個廢棄的隧道口，很清楚的，一個長髮白衣的半截身影，正在洞口前飄來飄去。

早在阿德計畫到「那裡」釣魚之前，就聽說那個地方很「歹康」。不是三更半夜聽到有小孩呼喊「爸爸」的淒厲叫聲，就是說在廢棄的隧道口，看到頭髮長長，穿白色衣服的半截女鬼，在洞口附近飄來飄去的。

真耶？非耶？只有聽說，沒有人真正見過，阿德心裡不禁暗笑：「世間哪裡有鬼？還不都是一些好事者穿鑿附會，故意嚇唬人。」

阿德說的也是，若說那個地方真的「歹康」，怎會還有那麼多釣友聚集在那裡釣魚呢？說穿了，大概是有釣友不希望有人去跟他們「搶地盤」，所以故意放出這種風聲來嚇人，阿德可不吃這一套。

河海交接處的魚群的確很豐富，而且特別會吃餌，所以儘管地處偏僻，釣友還是會不辭路途遙遠，專程趕到這位於太麻里鄉大溪村附近的海邊釣魚。

今晚是阿德第一次到此地來釣魚，吉普車直開到南迴鐵路施工便道的盡頭，那邊已停有十幾輛轎車和機車，顯然有人比他早到。

距離海邊還有一段路程，必須走過一片礫石堆，才能到達海邊。

阿德揹著他全套釣魚裝備，輕哼著歌曲，踩著大塊大塊石頭，一步一步向前跨去。

天氣很晴朗，還有半邊弦月，襯托著點點繁星，加上徐徐海風吹拂，阿德感覺神清氣爽，真是個美麗的夏夜。

走過礫石堆，來到柔細無比的沙灘，阿德脫下鞋子，踩在柔軟的沙灘上，舒服極了。正當他邊走邊張望尋找適當垂釣位置時，冷不防從腳邊的沙坑裡竄起一個黑影來，阿德來不及反應，嚇得驚叫出聲。

還搞不清什麼狀況，那個黑影倒先開口了：「耶！老兄，你踩到我的腳了。」

阿德仔細一看，差點大笑出聲，什麼跟什麼嘛！原來是一位原住民釣友因天氣熱，一時興起，便就地在沙灘上挖個沙坑，整個人躺進去，享受「砂浴」。只一雙腳丫子露在外頭，阿德經過，不小心踩到他的腳，痛得趕緊站了起來。

阿德雖然虛驚了一場，但更確信「人嚇人，嚇死人」的道理，鬼哪會嚇人呢？何況他從來就沒看過。

夜深人靜，微風細浪，真是個詩意的夜晚，他也為自己安排的休閒生活感到得意。

阿德抽著菸，專心注視著釣竿動靜，腦子裡正想著如何和魚鬥智。

寂靜中，一隻黑手突然伸到他眼前來，阿德被這隻突如其來的黑手，嚇得整個人驚跳了起來。驚魂未定，只聽到一聲：「老兄，給根菸吧！」

原來剛才在做「砂浴」的那位原住民老兄，不曉得什麼時候走到他身後，伸手跟他要菸。

阿德又驚又氣，三字經差點要罵出口，但一想，人家又不是故意要嚇他，只怪自己太專注，沒注意到有人走過來。

看了一眼那位上身赤膊，只著一條短褲的原住民，阿德遞了根菸給他。又一下子，手又伸過來，「借個火吧！」阿德把打火機借了他。

點了菸，還了打火機，說了聲：「謝了。」那位原住民老兄走了。

阿德不禁撫頭苦笑，差點又被人嚇了，回頭看看不遠處傳言中的隧道口，空盪盪的，什麼也沒有。

「都是鬼話連篇。」阿德心裡覺得好笑：「還好我不信這一套，否則，豈不疑神疑鬼，哪敢到這地方來釣魚？」

今晚成果不錯，阿德滿意極了，等過些天早點來釣個過癮吧！

這一晚，阿德又來了。

這回，他是識途老馬了，不大的工夫，就來到他前幾晚釣魚的位置。只是奇怪怎麼都沒有看到半輛車子，也沒有碰到那位突然冒出來嚇人的原住民朋友，大概他今晚到得早了些吧！

今晚沒有月色，天氣也陰沉得有點要下雨的感覺，阿德絲毫不以為意，刮風下雨都照常釣魚了，還怕陰天？

只是今晚氣氛顯得有點不尋常，都快十二點了，怎麼海邊一個人影都沒有？難道那些人找到更好的釣魚地點？

阿德雖然感覺氣氛有點怪異，但只當是心理作祟、胡思亂想、太敏感了。

邊抽菸邊注視著釣竿的動靜，突然間，一隻手從黑暗中伸過來。阿德心想：「老兄，你又來了。」也不以為意，隨手遞了根菸他。

一會兒，手又伸過來，阿德暗笑：「要打火機，對不對？」便又遞了打火機過去。可是打火機遞過去，卻沒還回來，而且連聲謝謝也沒說，太不夠意思了吧！

阿德想到待會兒要抽菸，沒打火機怎麼抽？便隨口說：「老兄，打火機該還我啊！」但卻沒人答腔。

阿德回頭一看，身後並沒有人，他陡地感到一陣莫名的驚懼。
「怎會沒有人呢？」剛才還明明跟我要菸要打火機，怎一溜煙就不見人影？
阿德疑懼地站起身來，驚恐地環顧四周，方圓一百公尺內，並沒有任何人影，就算那個人腳程再快，也不可能一轉身就不見人影，除非他有輕功。
「既不是人，那會是什麼？」一股不祥的感覺，很快地由腦門竄起。
阿德只感覺背脊一陣涼，忍不住微微顫抖起來，全身疙瘩也不由自主地全站了起來。氣氛十分詭異，感覺有好幾雙眼睛在暗處裡窺視著他。
阿德意識到情況有點不對勁，趕緊收拾釣具準備離開。
正當他起身想往岸邊走時，不經意地瞄了下那個廢棄的隧道口，很清楚的，一個長髮白衣的半截身影，正在洞口前飄來飄去。
阿德驚叫一聲，拔腿就跑。他這一跑，彷彿驚動了蜂群一樣，那個白影迅速飄到他身旁，緊緊跟著。
阿德嚇得眼睛不敢隨便張望，憋著一口氣，以跑百米的速度死命地跑向停車處。衝進車裡，快速緊閉車門，卻因為太緊張，加上手一直在發抖，鑰匙怎麼插就是插不進去，此時又瞥見那個白影在車後飄來飄去。
阿德驚恐極了，嘴巴不停地唸道：「阿彌陀佛、阿彌陀佛……，菩薩保佑……。」好不容易鑰匙插進去了，急急發動車子，顧不得底盤磨擦到石頭，跌跌撞撞地快速逃離海邊。

回到家，阿德臥病了好一陣子，急得他母親到處求神問卜，找人收驚，一條小命方才回魂過來。

經此「奇遇」後，阿德再不敢鐵齒，當然，更不敢「舊地重遊」。

後話——

好像有隧道的地方，就一定有靈異故事。小時候家住八堵，卻就讀南榮國小，上學途中會經過一處隧道，上頭是公墓，聽說常有女鬼半夜搭三輪車到市區洗頭，給的卻是冥紙，嚇得每次和同學經過隧道時，都驚聲尖叫快跑通過。隧道口，阿飄出來透透氣散散心，也是鬼之常情，只要不嚇到人就好。

更驚怖的，不是那個人淩厲、冷漠，泛著青光的眼神，而是回頭的動作，阿昌看的十分真切，他的肩膀並沒有跟著轉動，而是直接一八〇度轉過頭來面對著阿昌，還咧著嘴冷冷地笑著。

觀棋不語真君子

阿昌駐防的這個班哨，位於南迴公路大武段上，臨近太平洋的一處偏僻海邊。平時人車罕至，加上該處木麻黃林立，野菠蘿茂密，雖然是一個很好的天然掩蔽，但總令人有種荒野陰森的感覺。尤其是在夜晚，海風嘯嘯地吹，烏鴉再一聒噪，真的會令初報到的菜鳥不寒而慄。

阿昌已是老鳥了，再過幾個月就要退伍，由於他資格老，經驗豐富，隊部特別派他到這個班哨來，帶領幾個弟兄。

海防班哨的任務，除了負責監視海面狀況，防範偷渡、走私外，有時也會支援警方實施路檢。一個班九個人，年齡相仿，吃飯、睡覺、值勤都在一起，情同手足，彼此照應，相處十分融洽。

這天是週末，阿昌帶領弟兄把對外的通路，好好整理了番。雜草除乾淨了，突出的枝椏也修剪了，一些擋路的大石頭也移開去，不但視野光線變得寬闊明亮，路幅也增寬了，原來僅能通行機車的小徑，現在通行吉普車也不成問題。

忙了一整天，大夥兒都累壞了，吃過晚飯，休假的早溜出去了，值勤、巡邏的也都出去了，班哨裡，就只剩阿昌和另兩個弟兄陳清吉和朱榮文。阿昌在排了值勤班表後，等不及看台視的「玫瑰之夜」，便呼呼睡著了。

陳清吉和朱榮文剛下哨，二人沖完澡，精神反而更好，睡不著也不想看電視，就在寢室旁的小會客室下象棋。

已是秋冬時節，台東的東北季風特別強，一陣一陣地，呼呼作響，天氣也變涼了，班哨又靠近海邊，入夜後更增添幾分寒意。

阿昌睡到半夜，感覺一陣冷，下意識地拉高蓋在身上的毛毯，但沒多久，又感到耳邊似乎有人在朝他吹氣，涼颼颼的感覺。

阿昌縮了縮脖子，毯子裹得更緊些，心裡暗道：「怎今晚那麼冷？」

朦朧中，阿昌聽到有人在叫他：「班長，換你站衛兵了。」

阿昌迷迷糊糊地，看了看手錶，才凌晨一點而已，他的班是早上六點。

以為是在做夢，阿昌翻了個身又睡，可沒多久，又有人來到他床前，「班長，換你站衛兵了。」有人如此叫著。

阿昌睡意正濃，三番兩次被吵醒，心裡不禁惱火，以為是陳清吉和朱榮文兩人在作弄他，便坐起身來，正要出聲斥責。

卻見阿吉和阿文兩人下棋正下得起勁，在他們兩個人中間，站著一個也是著軍服蓄短髮的背影。

阿昌從沒見過這個人，以為是阿吉或阿文的同梯次朋友，但三更半夜，怎會突然跑來這裡看他們下棋呢？

阿昌也不理會他，直接問他們兩個：「剛才誰叫我站衛兵？」

阿吉和阿文二人正拚殺得難分難解，頭也沒抬，異口同聲答：「沒有啊！」

「沒有？那會是誰？」阿昌憋著一肚子火，心想：「會不會是看棋的那個傢伙尋我開心，還故意裝做沒事般地，既不答腔也不回頭來打個招呼。」

阿昌心裡腦火，沒好氣地問陳清吉：「阿吉，你旁邊那個人是誰？」

阿吉沒料到阿昌竟問這個沒營養的問題，頭也沒抬，隨口答說：「是阿文啊！」

「是阿文？」阿昌只道是阿吉在跟他裝蒜，又指著朱榮文問：「阿文，那你旁邊那個人是誰？」

阿文應道：「是阿吉啊！」

阿昌以為他們兩個在逗他，惱火地大聲說：「不是啦！我是問你們兩個中間的那個人是誰？」

阿吉和阿文面面相覷，不禁噗哧大笑了出來：「哪有人？你在做夢啊！」

阿昌抬頭看看站在中間的那個人，一動不動地，仍背對著他俯身看阿吉和阿文下棋。

阿昌覺得氣氛有點古怪，卻又說不上來是怎麼回事。

他提高嗓門，一個字一個字清楚地對他們二人喊說：「不是啦！我是問，站在你們兩個中間的那個人是誰？」

「哪有人？」阿吉和阿文轉頭看了阿昌一眼，發現他怔怔地坐在床沿，滿臉困惑疑懼的樣子。笑著說：「你在做夢啦！快睡吧！」

但那個人明明就站在小茶几前，看著阿吉和阿文下棋，怎會說沒有人？莫非三人串通好尋我開心。便指著茶几說：「你們中間確實有個人在看你們下棋，他是誰？」

結果，還是那句話——「你做夢啦！哪有人？卡早睏耶卡有眠啦！睡覺吧！」

說罷！二人繼續低頭專心下棋，並不理會阿昌。

突然，站在茶几旁看下棋，一直沒出聲的那個人，緩緩地回過頭來瞪了阿昌一眼。那凌厲、冷漠，且泛著青光的眼神，令阿昌不寒而慄，不由自主地打了個寒顫。

但更令阿昌驚怖的，不是那個人凌厲、冷漠，泛著青光的眼神，而是那個人回頭的動作。阿昌看的十分真切，他的肩膀並沒有跟著轉動，而是像布袋戲的木偶腦袋，直接一八〇度轉過頭來面對著阿昌，還咧著嘴冷冷地笑著。

阿昌驚叫一聲，登時撲倒在地，摔落地面的撞擊聲，驚動了阿吉和阿文。他們看阿昌臉色慘白，全身抽搐顫抖不已，以為他患癲癇，忙聯絡隊部派救護車急送醫院。就那麼巧，白天開闢整理出來的道路，此刻竟派上用場。

經過一陣慌亂、急救，阿昌方才悠悠回魂過來，看到阿吉和阿文守候在床邊，仍心有餘悸地對他們二人說：「我發誓，我的確看到有一個人站在你們中間，看你們下棋。噢！那不是人，是鬼，我看得清清楚楚。」

阿吉和阿文面面相覷，流露著不可思議的表情，不敢相信真的有「好兄弟」來看他們下棋。也幸好那位「好兄弟」還蠻信守「觀棋不語真君子」的規矩，否則，萬一開口指導的話，現在躺在病床上的就不是阿昌，而是是他們兩個囉！

想到這裡，二人忍不住吐吐舌頭，齊聲說：「阿彌陀佛，好家在。」

出了醫院，阿昌直接被送回隊部休息，忍不住詢問資深老士官長，才知道若干年前，有一個充員戰士因為女朋友「鬧兵變」琵琶別抱，一時想不開，就在班哨附近的木麻黃樹上上吊自殺了。或許陰魂不散，三不五時就回來看看弟兄。

阿昌可不希望這位「學長」常常回來看他，忙叫人買了三牲四果，也準備了很多紙錢，又請了道士來做法超渡。

一番折騰後，班哨回復以往的平靜，只是有一點小小的改變。晚上十二點過後，再沒有人敢下棋了，唯恐又引來「學長」觀棋。另外，阿昌的床位也改了方向，避開面對會客室的位置，以免半夜起來，又看到那個熟悉的背影。

當然，以後再沒聽說那位「學長」回來探班，而阿昌不久以後也退伍了。

後話——

保母的小孩就在這個班哨當兵，故事是他轉述學長講的，我問他怕不怕，他笑說：「如果當兵還怕鬼，怎打戰？」嗯！好樣的。班哨在南迴公路海邊，以前雜木很多，給人陰森感覺，現在明亮多了，有時和釣魚的朋友經過該處，都會仰頭看一下木麻黃，到底是那棵？不過，應該早砍了吧！

半夜梳頭的女人

女人似乎察覺到有人在偷看她梳頭，竟停止梳髮動作，沉吟了一會兒之後，緩緩伸出手扳動她面前的圓鏡。

這個村落的地名很特殊，就叫做「荒野」，頗有幾分荒郊野外味道。其實，它就在著名的知本溫泉區附近，同樣位於知本山的山腳下，只不過一在前一在後。民國五十年代，此地車少人稀，進出不便，或因此而得名吧！

此地雖嫌偏僻，但風景秀麗，民風也十分淳樸，邱崇德調到這所小學當校長不久，就喜歡上此地的環境，認為是個十分適合修心養性的好地方，決定在這裡幹到退休，於是校長一當就十多年了。由於他辦學認真，待人又親切和藹，再加上年齡稍長，被認為是德高望重之人，很受地方敬重。

邱校長和村子裡的人都很熟稔，學生家長更沒有不認識的，隨便找個小朋友來，他都可以說出他爸爸是誰，媽媽是誰，家住哪裡。

正因為邱校長認真校務，又和村民處得很好，村子裡有什麼大小事，都會請他當調人主持公道，或當婚嫁喜宴主持人，他也來者不拒，且樂此不疲。

這一晚，邱校長到隔壁鄉為一對新人，也是過去他教過的學生證婚，高興地多喝了幾杯酒。搭客運車回到村子裡來，都已晚上十點多了，不巧的是，當客運車駛進村裡街道時，突下起傾盆大雨來，豆大雨滴打在車頂上還乒乓作響。

邱校長沒料到晚上會下雨，並沒隨身攜帶雨具，幸好客運車站牌就在雜貨店前，雜貨店銜接過去是一整排的矮房子。都是平房，有些還是木房、鐵皮屋，但門口都搭有屋簷。所以邱校長一下車後，就緊挨著連成一片的屋簷一路閃閃躲躲地跑過去，並沒淋到多少雨。

跑到最後一間房子，邱校長止步了，再過去就是一片黑漆漆的荒野，距離學校宿舍還有三、四百公尺遠，若不借把傘，跑不出五步，全身一定淋濕個透底。

今晚這一場大雨確實也怪，不但雨勢來得急猛，連閃電、打雷都一起來，聲勢怪嚇人的。雨大淋濕倒沒關係，萬一不小心給雷打到了，可就不好玩，沒死也半條命，得想辦法借把傘才行。

邱校長四周瞧瞧，不禁暗自叫苦，鄉下人早睡，家家戶戶早就閉門熄燈就寢了，連站牌下那一家雜貨店，在最後一班客運車過站後，因下大雨關係，也早關門打烊了。整個村落烏漆抹黑的，被一陣陣濃密的雨幕給籠罩了。

「怎麼辦呢？」邱校長拿出手帕拭著額頭上的雨水和汗水。他回頭看一下他立足的這家鐵皮屋，不正是陳進福的家嗎？

邱校長還記得這位學生，家裡很窮，爸爸打零工，常常不在家，媽媽在六年前因一場急性病過世，當時他還發動全校師生募捐，幫忙陳進福處理他媽媽的後事。陳進福小學畢業後，沒再繼續升學，聽說到外地學做「黑手」，也很少回來，這房子幾乎是空著的。

邱校長邊擦拭額頭上的水滴，邊抬頭看他所站的這間矮房門框，突然發現殘破的玻璃窗，似乎透著微弱昏黃的燈光。心想：「會不會是陳進福或者他老爸回來了？這可好，有救了，跟他們借把傘吧！」

邱校長正想舉起手準備敲門，忽瞥見用報紙糊貼的玻璃窗上，有一個不小的裂縫，脫剝的報紙隨著強勁的風雨「啪！啪！啪！」作響著。他便彎下腰，把臉湊到破窗戶前，從外往內看，想確定屋裡頭的人還沒睡再敲門，比較不會冒昧。

房子不大，一眼就可以從客廳、房間看到廚房。邱校長瞇著眼睛看，五燭光的小燈泡昏暗燈光下，他看到一個女人背對著他坐在木板床上，對著桌上的圓鏡梳頭。

「女人？」邱校長疑惑著，莫非陳進福老爸續弦，可是沒聽說啊！何況這房子之前一直空著的。

「這女人是誰？」邱校長好奇地俯身從窗戶的報紙裂縫再看一遍。女人彷彿沒有察覺有人在窺伺她，動作緩慢地梳著她的長髮，仍是背對著窗戶。

邱校長看了女人背影一眼，心裡不禁一震，「好熟悉的背影。」繼而一想，那不是陳進福的媽媽嗎？可是她不是六年前就死了？

邱校長想到這裡，頭皮不禁發麻，全身雞皮疙瘩倏地也全站了起來。但畢竟是上了年紀的人，比較老成持重，總得看清楚才能確定，何況身為校長，若貿貿然地說「見鬼了」，萬一又不是的話，那豈不斯文掃地，讓人笑話了。

邱校長心想，會不會今晚多喝了幾杯，老眼昏花了，且看個清楚再說吧！

用手帕抹了一下臉，又揉了揉眼睛，順便按了按太陽穴，然後再度俯身，把臉湊在破玻璃窗縫上，屏息定睛地再看個仔細。

女人背對著窗戶，仍緩緩地梳著長髮，動作很慢很慢，且一再重覆。邱校長看那女人背影，百分之百可以確定是陳進福的媽媽沒錯，可是她明明六年前就已過世，難道……。

邱校長突然感到一陣莫名的恐懼，一股寒意徒地從腳底竄升上來，加上屋簷外強勁風雨的狂掃，忍不住打了陣寒顫，全身不由自主地顫抖起來。

這時候，女人似乎察覺到有人在偷看她梳頭，竟停止梳髮動作，沉吟了一會兒之後，緩緩伸出手扳動她面前的圓鏡。

鏡面剛好朝著邱校長這個方向，邱校長清楚地看到鏡面上，映著一張女人的輪廓，但只看到長長的頭髮，卻看不到臉。圓鏡中，除看到分邊兩側的長髮外，五官部分眉眼鼻嘴耳竟都沒有，空白一片，活像顆剝殼的水煮蛋。

邱校長看到這一幕驚恐不已，他看到的是一個「無面鬼」。

一個踉蹌，他倒退好幾步，跌坐在泥土地上，傾盆大雨頓時從頭淋下。邱校長稍回過神來，身體忍不住一陣哆嗦，他感到背脊一陣難以形容的僵硬冰冷，直從腰際像觸電般直通到腦門。打了個寒顫，他掉頭轉身就跑。

顧不得風強雨大，也無視於暗夜路面的崎嶇不平，只一股勁，沒命地往學校宿舍方向跑。

這時雨勢更大，閃電加雷鳴，更增添「鬼夜」的恐怖氣氛。邱校長根本無暇去思考其他事情，只一路狂奔，強風勁雨中，似乎感覺背後有人在追趕他。

突然，一個失神，摔了一跤，邱校長有如驚弓之鳥，早嚇得三魂七魄都飛散了。正驚疑未定，勉強用手撐著地面，正待爬起時，一隻手突然無聲無息地搭在他肩上。

邱校長此刻嚇得魂魄全散，扯開喉嚨，近似歇斯底里地狂叫著：「救命啊！不要抓我，不要抓我。」瑟縮在泥漿裡，全身兀自顫抖抽搐不已。

「邱校長，您怎麼了？」

住在村尾的老農春發伯，因見雨勢來得急，恐田埂被沖毀，冒雨出來巡田。回程從學校圍牆邊小路繞出來，剛好看到全身淋濕的邱校長，失魂般地在雨中狂奔，以為發生什麼事，趕忙跟在後面察看。

見邱校長摔了一跤，趕忙上前要攙扶，但邱校長因先前在陳進福家看到「無面女鬼」，早已魂飛魄散。暗夜，滂沱大雨驚恐逃命中，又有「怪手」搭在他肩上，不是鬼魂是什麼？「啊！」一聲，便昏死過去。

春發伯忙拿手電筒照邱校長的臉，只見邱校長一臉慘白，雙眼緊閉，面頰和嘴唇因極度恐懼，不停地抽搐抖動著，全身又滿是泥巴，狼狽極了。

春發伯一個人扶不動全身癱軟的邱校長，忙跑到學校宿舍，緊急敲門要老師們出來幫忙把邱校長抬回宿舍。

當夜，邱校長高燒不退且夢囈不斷，時而喃喃自語，時而狂呼驚叫，驚動左鄰右舍的老師，趕過來陪校長娘照顧他。

第二天，請了醫生來診斷，說一切正常沒問題，休養一陣子就可以。學校老師七嘴八舌，猜測應是被「歹物」煞到，又找了法師到宿舍來收驚鎮煞，費了好大的勁，一條老魂方才悠悠回轉過來。

但已過世六年的陳進福的娘為何會回家梳頭？則是他永遠無法解開的謎……。

後話——

不曾聽說有鬼嚇死人的紀錄，倒是人嚇人嚇出病是有的。在古早農村時代，開發建設少，照明又不足，人在荒郊野外，最易風聲鶴唳、杯弓蛇影，自己嚇自己。假使學古代文人雅士，想看看鬼長甚麼樣子？鬼可能因自慚形穢，反不敢出來見人。因此，只要心正行正、心中無鬼，何懼之有？

老嫗的房子

門才一打開，赫然看見一位披頭散髮，眼露兇光，舌頭外露的老婦人，坐在榻榻米上，惡狠狠地瞪著他。

錢興旺經營碾米廠生意，童叟無欺，口碑不錯，事業一直很穩定。自最小的兒子娶了媳婦後，心想兒女都結婚成家了，老夫妻倆已沒什麼牽掛，何況年紀也大了，都六十好幾了，是應該交棒了，自己也可好好享受清福，便慢慢把事業交給兒子們去管理。

他聽說「後山」的台東景緻很不錯，便趁閒自己一個人拎著個公事包，搭公路局車前往台東。

當車子經過楓港，開始進入南迴公路，雖然顛簸不平加上蜿蜒曲折的公路，令他感到頭暈不舒服，可是看到蒼山翠嶺，群山環繞，確實景象萬千。

尤其在出了達仁鄉安朔村之後，眼前豁然一亮，一望無際的太平洋，令他備感心曠神怡，舒暢無比，這些都是生活在「前山」的西部人感受不到的。

錢興旺心裡盤算著，也許可以考慮在台東找一幢適當的房子定居下來，好好和老伴享受悠閒晚年。主意大定，錢興旺決定在台東多停留幾天，一來是可以到處遊山玩水，欣賞台東的自然山海風光，二來也趁遊玩之便，看看有沒有中意的房子。

民國五十年代，台東還是個後山小鎮，因每年秋冬之際，東北季風刮起卑南大溪漫天風砂，砂霧彌漫，常吹得台東人灰頭土臉的，不勝其苦，故台東又名「砂城」，風砂成了台東的特產。

錢老闆是七月天到台東來的，沒碰到狂風大作、漫天飛舞的風砂，但也領教了台東的大太陽，熱得直揮扇個不停。

找了家客棧住下來，第二天一大早雇了輛三輪車，想到處走走看看。

車伕阿福是個三十出頭的年輕壯漢，載著錢興旺到處閒逛。邊踩著三輪車邊和錢老闆聊些台東的風土人情，得知錢老闆是有錢的仕紳，正在物色大房子，便熱心地拖著他到處跑到處看，可是看了好幾處，錢老闆就是沒有中意的。

阿福眼看優渥的仲介費就快賺不到，心裡不禁著急，邊踩著三輪車，邊動腦筋「搜尋」地猛想。

「咦！就在我住的村子裡，不就有一幢日式古老大宅院嗎？」

阿福靈光乍現，不禁喜形於色，回頭就想跟錢老闆透露這個消息。但念頭一轉，又想到村裡頭都在傳言那幢房子是鬼屋，介紹給錢老闆會不會太缺德？

可是佣金實在太誘人了，成交了這樁買賣，他好幾年可以不用踩三輪車，飽受風吹日曬雨淋之苦，何況傳言歸傳言，畢竟也沒有人親眼看過吧！再說，錢老闆是否看中意，還不得而知，先提了再說吧！

阿福約略地描述房子的外觀結構，說得錢老闆有點心動，忙催促著阿福賣勁些，趕快載他去看房子。

阿福家是位於省公路大南橋附近的一個村落，距離台東市區不遠，並不算偏僻，最特別的是當地地勢略高於平原，又沒有任何阻隔，視野很開闊，且居高臨下，可遙望太平洋。

錢老闆一看這地點，心裡就暗自有幾分喜歡。再看那一幢巴洛克式的建築，雖然有點古老，但造型獨特，外觀很古典優雅，尤其是屋前空地上的那棵老榕樹，茂盛濃密，古意盎然，站在樹下，可遠眺台東市，還可看到海。錢老闆想像自己躺在搖椅上，悠閒欣賞風景的情景，臉上不禁泛起一抹得意的笑。

錢興旺在圍牆外瀏覽了好一會兒，覺得蠻中意的，只不知裡頭的陳設如何，便打算入內參觀。但見兩扇大門被一副大鎖鎖著，門板上貼著張紅紙——「吉屋出售，意者請洽×村林江海。」

錢老闆正在興頭上，忙叫阿福載他去找林江海。林江海一聽有人要看房子，樂得眉開眼笑，殷勤招待，又是茶又是瓜子。

錢老闆問：「這幢房子有多久歷史了？」

林江海沉思了一下，說：「詳細年代我不清楚，只知道日據時代就蓋了，這房子是我遠房親戚的，全家都搬到北部去了，房子則委託我賣。」

錢興旺問了些房子格局、坪數大小及售價大約多少後，便央林江海帶鑰匙去開門，好讓他入內參觀，二人便搭阿福的三輪車來到那幢日式古老宅院前。阿福把三輪車停在大榕樹下休息，錢興旺則和林江海徒步走到大門前。

林江海開了鎖之後，猶豫了下，轉身對錢興旺說：「錢老闆，天氣熱，我先去買個涼的，待會兒請兩位喝，您就請便，慢慢看吧！」說完轉身就走。

錢興旺也不疑有他，便獨自一個人推門進去。才一入內，便感覺一陣無以言喻的陰冷，心想，或許太久沒有人住，少了人氣的關係吧！

客廳的家具都還在，陳設甚是典雅，很有古色古香味道，可見過去這家主人一定是個大富殷商，才能起造如此雅致又宏偉的房子。

屋況還不錯，錢興旺看了頗滿意，信步沿著木板階梯上到二樓。迎面是一間和室，外觀看起來很素淨典雅，只是太久沒有人住，木框上滿是灰塵，錢興旺慢慢打開和室門，想看看裡邊的擺設。

門才一打開，赫然看見一位披頭散髮，眼露兇光，舌頭外露的老婦人，坐在榻榻米上，惡狠狠地瞪著他。

錢興旺「啊！」的一聲，跌坐在地板上。他很快意識到眼前這個老婦人不是人，是「異類」。因為老婦人滿是皺紋的臉上是一片毫無光澤的灰蠟顏色，最令他感到恐怖的是，嚴厲眼神散發出來的，竟是讓人不寒而慄的青光。

錢老闆當下只一個念頭，趕快逃離現場，慌忙爬起，跌跌撞撞下了樓。等下了樓，才想到夾在腋下的公事包，剛才一緊張鬆了手，掉在樓上和室前。

「怎麼辦呢？我可沒有膽子再上二樓，都是這個死林江海，還騙我說要去買飲料，原來是怕見鬼。」錢興旺心裡暗罵著，卻也盤算著如何取回公事包。

出了大門，遠遠就看到阿福和林江海二人在大榕樹下，邊喝飲料邊聊天，很逍遙的樣子，錢興旺裝做若無其事地走到二人面前。

林江海看錢興旺一副沒事的模樣，不禁疑惑：「沒事？難道說……不鬧鬼了？」便問錢興旺：「房子看得如何？有呷意麼？（喜歡嗎？）」

錢興旺摸摸下巴，慢條斯理地說：「環境是不錯，不過房子舊了些，可能要花一大筆錢整修才能住，我再考慮看看好了。」

說完，轉身對阿福說：「阿福，我剛專心看房子，公事包放在二樓和室，忘了帶下來，你去幫我拿下來，好嗎？對了，這五十元就當做走路工吧！」說罷，從口袋掏了張五十元鈔票給阿福。

阿福心想：「赫！才拿個公事包就有五十元可賺，真是太好康了。」接過鈔票，二話不說，便往古屋跑去。

「蹬！蹬！蹬！」，阿福吹著口哨，三步做兩步，快步地踩著木板階梯上到二樓，很快就看到錢興旺掉在和室門前的公事包。

阿福彎下身撿起公事包，頭才抬起來，迎面一個披頭散髮，眼露兇光，舌頭外露的老婦人，正惡狠狠地瞪著他。

「我的媽呀！」阿福萬萬沒料到大白天會遇見鬼，更沒料到這大宅院鬧鬼的傳言果然是真的，這回竟讓他遇上了，當場嚇得屁滾尿流，跌坐在地板上。

左手指著老婦人「咿、咿、咿……。」，可是喉嚨好像被什麼東西卡住了，就是發不出聲來，右手則撐著地，連滾帶爬地急往梯口後退。突然，一個撲空，阿福倒栽蔥地從二樓滾落到一樓。感覺已下到地面，阿福顧不得全身痠痛，頭也不敢抬，爬起身來，沒命地拔腿就往外就跑。

一瘸一瘸地，一邊跑一邊罵：「夭壽喔！還真是假好心，給我五十元，竟然叫我去給鬼看。」

氣急敗壞地衝到錢興旺面前，怒氣沖沖地咒罵不已。錢興旺看公事包拿回來了，忙陪著笑臉說：「拍謝啦！拍謝啦！老人家膽小嘛！」說罷，又塞了五十元給阿福，阿福這時方才順氣些。

二人不約而同地回頭看那一幢「鬼屋」，想到剛才那驚悚的一幕，猶不自禁地打了個寒顫，餘悸猶存呢！

錢興旺質問林江海：「到底怎麼回事？怎會有老女鬼呢？」

林江海輕嘆一聲：「唉！說來話長，都怪我那遠房親戚貪心，霸佔人家房子，搞得害人害己，連子孫也不敢在這裡住。」

原來日據時代，這裡的屋主是一位寡婦，與兒子相依為命。後來兒子被日軍徵兵到南洋打仗，一去無回，生死不明。

隔壁王姓地主看準老婦人房子的地點極佳，地勢高隆又平坦，視野很好，再看這寡婦年老又不識字，便佯稱幫她修繕房子並照顧她的生活。等取得讓渡書後，王姓地主便將老屋拆掉，起造這幢漂亮宏偉的大宅院，接著又把老嫗趕走，不讓她居住。

老嫗無家可歸，又無依無靠，屋宅土地又平白給王姓地主霸佔了去，滿腹怨恨，無處申訴。一日，趁王家全家外出之際，潛入二樓和室上吊自殺。之後，王家便開始雞犬不寧，病的病，死得死，連王姓地主也無緣無故暴斃身亡，村民都謠傳是老婦人在報復索命。子孫眼看住不下去了，便全家搬離，房子就委託林江海代賣。

由於地勢高，環境清幽，房子造型也特別，曾有很多人來看房子，但都被老嫗凌厲的眼神給嚇跑了，錢興旺不過是最近的一個罷了。

辭別林江海，錢興旺仍搭阿福的三輪車回鎮上。

頂頭的太陽正熱，錢興旺回頭看了一眼古宅院，意味深長地對阿福說：「阿福，人千萬不能有貪念啊！你看，多少年了，這房子還是老婦人的。」

後話——

「命裡有時終須有，命裡無時莫強求」、「該你得的跑不掉，不該你得的，強求亦無用」，這是勸人要知天命，不要有非分之想。人的貪念無窮，最卑劣的，又莫過於巧取豪奪，欺人孤兒寡母，不僅天地不容，也必遭天譴。所以常持慈悲善心，誠懇實在做人，路才能走得遠，也才能福壽吉祥。

廁所裡的自動門

阿雄正考慮要蹲幾號坑時，忽然，其中一間的門像被風吹動一樣，竟自動地打開了，阿雄也沒想那麼多，方便就好，順勢便走了進去。

廖敏雄睡到半夜，憋不住尿，急著上廁所，匆匆趿著拖鞋便往廁所跑。經過崗哨，瞥了一眼，沒看到衛兵，正感到奇怪：「衛兵跑去哪裡了？」之後，看到劉金來提著槍在寢室通往崗哨的路上來回走著，以為他站崗累了，出來走動走動活絡活絡筋骨，也來不及和他打招呼，十萬火急地直往廁所衝。

方便之後，頓感輕鬆不少，慢慢踱步往回走，卻看到劉金來還是提著槍，在寢室通往崗哨的路上，來來回回地走著。

光線很暗，他沒能十分清楚地看劉金來臉上的表情，不過，看他提槍楞頭楞腦地，在那裡晃來晃去的樣子，很像馬戲團耍猴戲的猴子。廖敏雄遠遠看著覺得好笑，索性走近點，蹲下身子來，想看看劉金來到底在玩啥把戲？

廖敏雄原以為劉金來大概是衛兵站累了，出來走動走動，活動一下筋骨，可是好一陣子了，劉金來還是在那裡不停地來回走著，廖敏雄覺得奇怪，便站起身來趨近劉金來。

但劉金來對廖敏雄的出現好像視若無睹，仍提著槍正經八百地走著。廖敏雄感覺有點怪異，但一時也想不通是怎麼回事？

「到底劉金來在搞什麼鬼？」廖敏雄更靠近劉金來，這下他看得真切了，但見劉金來一臉困惑，又顯得很著急的樣子，邊走還邊東張西望，時而停下來看看手錶，然後又提著槍繼續走著。

氣氛有點詭異，看劉金來一臉茫然的神情，莫非中邪不成，便大喝一聲：「劉金來。」

「有。」劉金來直接反應地大聲應道，人也煞時清醒過來。看到廖敏雄站在眼前，疑惑地問：「阿雄，怎麼回事？」

廖敏雄說：「我才正要問你到底怎麼回事？看你在這條路上走來走去都有十幾分鐘了，若我不叫你，看你走到幾時？」

劉金來搔搔腦袋，很困惑地說：「我也覺得好奇怪，從寢室出來後，我就直接到崗哨，可是怎麼走都走不到，害得我心裡也很急，怕被排長查到，禮拜天就要禁足。」

廖敏雄聽劉金來這麼一說，不禁拍手大笑說：「哈！我知道了，這叫鬼撞牆，怪不得我看你沒頭沒腦地晃來晃去，一定是你幹了啥缺德事，才叫你碰上。」

劉金來聽了，「呸！呸！呸！」回應說：「你才見鬼呢！我可不幹缺德事啊！」

廖敏雄說：「放心，我八字重得很呢！才不會見鬼呢？」說罷，二人相互逗趣取鬧番，然後，各自站哨、睡覺去了。

凌晨一點五十分，劉金來來到廖敏雄床前，叫著：「阿雄，阿雄，起來，換你站衛兵了。」

連叫了兩聲，廖敏雄才好不容易爬起來，揉揉眼，正下床準備著裝，卻感覺肚子悶悶地痛，有點想拉的樣子，看看手錶，距接班還有十分鐘時間，解個大號應該是夠的，忙往廁所方向跑。

這間廁所也真令人討厭，距離寢室有三十公尺遠，白天還好，一到晚上，非只感覺不方便，烏漆抹黑地氣氛也讓人感覺怪陰森地。除非萬不得已，實在不願晚上跑廁所，寧可趁黑在樹下或牆角就地解決方便。

廁所分開兩列，是簡便的溝型便坑，每排十間，當眾人一字排開，眾砲齊放時，只四個字可以形容——「臭不可當」。

逼得一些不抽煙的弟兄，每次蹲大號時，不是戴兩副口罩，便是臨時要根菸點著抽著，解臭兼驅蚊。

由於隔板只有半人高，站起身來，單看後腦勺，就知道幾號坑蹲著誰，偶爾大夥兒以此隔空叫陣逗笑，算是「臭中作樂」。

廖敏雄因趕著接衛兵，一股勁地往廁所衝，這是今晚第二次上廁所，大概是晚上歡送阿牛退伍餐會上，多喝了幾杯，可能是吃壞了肚子。

說真的，要不是肚子痛想拉拉，他還真不想上這廁所呢！距離遠不說，廁所裡那股幽靜、冷清、陰森的感覺，才教人不舒服呢！

廁所是蠻大的，但卻只裝一盞二十燭光的小日光燈，看起來很陰暗，也真是小家子氣，節能省碳也不是這種省法。所以除非萬不得已，否則，大家寧可憋尿到天亮，也不願獨自一人上廁所。

阿雄趕著接衛兵，也沒暇去理會這些，蹲坑裡頭的門都是半掩的，阿雄正考慮要蹲幾號坑時，忽然，其中一間的門像被風吹動一樣，竟自動地打開了。阿雄也沒想那麼多，方便就好，順勢便走了進去。

才蹲下，正要伸手關門，手還沒碰到門，門又像被風吹動一樣，自動關起來了。阿雄心想：「大概是風吹的吧！」

一輪大轟炸後，阿雄頓感輕鬆不少，便站起身來穿好褲子，正準備伸手去推門的時候，門竟悄悄地自動打開了。阿雄心裡不禁一驚：「怎會這樣？」

看其他蹲坑的門都紋風不動，為何只有這間特別，門自動關也自動開，而偌大的廁所裡，除了他以外，再沒有第二個人，那會是什麼？

想到這裡，阿雄頭皮不禁發麻，疑懼著邊束腰帶邊倒退著走，他想弄清楚到底怎麼回事？

就在他緊張地東張西望時，他蹲過的那扇門突然「碰！」一聲好大聲響，被重重關上了。

阿雄被廁所門莫名其妙地關開，早已嚇得如驚弓之鳥，全身雞皮疙瘩都豎起來了，這會兒再被這重重的關門聲一驚嚇，更是駭異得不得了。嚇得轉身拔腿就跑，邊跑邊驚叫著：「有鬼，有鬼啊！」

一路瘋狂奔回寢室，大夥兒全被他的大呼小叫聲驚醒了，忙問廖敏雄怎麼回事？只見阿雄一臉慘白，上氣不接下氣，結結巴巴地說：「我，我，我在廁所遇見鬼了。」

阿牛趨前搭著阿雄的肩，安撫他說：「別怕，大夥兒都在這裡，慢慢說。」

阿雄說：「我剛肚子痛上廁所，沒想到廁所門竟會自動開關。」

說著，就把剛才的遭遇講了遍，眾人聽得瞠目結舌，就有膽小地叫嚷說：「我的天呀！那以後半夜我怎敢上廁所？」

有好捉狹地接口說：「你不會買個尿壺來方便啊？」眾人大笑。

阿牛畢竟是快退伍的老學長，見多識廣，聽了阿雄敘述後，便說：「我曾聽退伍的老士官長說，我們這個營區以前是軍醫院，廁所那個位置剛好是太平間，大概老兵半夜沒事，爬起來陪大家上廁所吧！」

大夥兒一聽，不禁驚呼：「嚇死人了，以後一個人怎敢上廁所？」

阿牛老成持重地說：「不會戴便帽去啊！上面有青天白日國徽，可避邪的。」

阿雄說：「你怎不早告訴我們呢？我還以為我八字重不會碰上，沒想到還是碰上了，看樣子非收驚不可了。」

回頭對劉金來說：「阿來仔，拜託，可以陪我值更嗎？明天收驚費用我幫你出。」

想到今晚兩個人竟然先後「撞鬼」，算是「有緣」，也稱得上是難兄難弟。便慨允說：「看在好兄弟的份上，好吧！我陪你值更吧！」

後話——

當過兵的都有共同經驗，就是舊營區的廁所離寢室都有一段距離，設備老舊不說，

陰暗更給人陰森感覺，除非萬不得已要上大號，否則寧可憋尿，也不敢冒「見鬼」的風險去上廁所。老士官長又特別喜歡講鬼故事嚇唬菜鳥新兵，操練疲累＋精神壓力＋疑神疑鬼，撞鬼或被鬼捉弄，也就沒啥好奇怪了。

問路的黑白無常

小時候聽長輩說，當狗看到「歹物」時，便會「吹狗螺」。眼前這隻黑狗分明是碰上了「陰間兄弟」，才會發出「嗷嗚——嗷嗚——」的淒厲叫聲。

小官是我大學同學，聽說會通靈，但沒看過他表演，有無通天本領，不得而知。倒是他那張削瘦的倒三角形臉，及一對眼形細長眼神銳利的眼睛，看來倒有幾分奇人異相呢！

那時我們住在校外，幾個南部來的同學合租一幢位在山腳下的房子，是偏僻些，但房租便宜，我和小官都是房客之一。

平常沒事時，大夥兒就湊在一塊兒瞎掰打屁，大家最喜歡聽小官鬼扯淡了，漫天漫地說神道鬼，講得煞有介事，但真耶非耶，誰也沒親眼見過，只當小官是講鬼故事，鬼話連篇罷了。

從我們住處到外頭鬧區必須經過一片竹林，及一處甫完工陸續有人搬進來住的社區。

我們常自喻此處是鬧中取靜的世外桃源，尤其是那一片竹林，還常是我們師法「竹林七賢」泡茶品茗，吟詩作詞的好去處呢！只是若逢陰雨天或在夜晚風吹林梢時，則非但一點詩意也沒有，「咻、咻、咻」的竹嘯聲，還憑添不少陰森恐怖氣氛呢！

期中考前一晚，唸書到十一點，小官說他肚子餓，邀我一起去吃消夜，二人便趿著脫鞋出去了。

此時浮雲半遮月，涼風徐徐吹來，令人頗感心曠神怡。當二人正滿心享受這深夜的寧靜時，不意前方不遠處突然傳來一陣淒厲的狗叫聲。

那種狗叫聲不是平常「汪、汪」的叫聲，而是類似狼嚎的「嗷嗚——嗷嗚——」聲，聽起來十分淒厲恐怖，令人毛骨悚然。

小官碰了碰我的手說：「前面有異樣，過去看看。」

感覺氣氛有點怪異，我心裡也發毛，但到外頭鬧區就這麼一條路，不走也得走，仗著有小官做伴，我也好奇的想看看到底是怎麼回事？

果然在社區入口，看到一隻黑色土狗俯趴在地上狂吠不已。

小官說：「有人在逗弄那隻狗。」

事實上，那裡並沒有人，我知道小官所謂的「人」並非人，而是另一族類。

小時候聽長輩說，當狗看到「歹物」時，便會「吹狗螺」。眼前這隻黑狗分明是碰上了「陰間兄弟」，才會發出「嗷嗚——嗷嗚——」的淒厲叫聲。

黑狗在路中心像環繞著什麼東西一樣，一邊打轉一邊狂吠。

小官附在我耳邊說：「是七爺跟八爺。」

我一聽，全身疙瘩都豎起來，頭皮也頓時感覺發脹。七爺、八爺不是專司拘提陰魂的陰間使者嗎？怎會出現在這裡？

我眼睛瞪得好大，想看個仔細，但除見黑狗不停地在原地打轉狂吠外，卻看不出什麼名堂來？

氣氛很是詭異，我猶豫著還要不要繼續往前走，小官拉著我的手說：「別怕，跟我來。」

黑狗似乎察覺有人靠近，低吠了一聲便跑開去，小官朝剛才黑狗轉圈狂吠的地方瞄了眼，沒說什麼，我也莫名其妙，狐疑地跟在他後面。

但才走不到十公尺，小官卻止步了，杵在那裡，我以為他掉了什麼東西，正待開口問，卻見他緊閉雙眼，嘴唇微微闔動，好像在跟人講話一樣。

我心裡想，會不會小官故弄玄虛逗我，好彰顯他的神通，索性也不驚動他，看他玩啥把戲。

大約一分鐘光景，小官睜開眼對我說：「剛剛有人找我問路。」

我瞧瞧四週，隨口應說：「沒有啊！」

他說：「不是啦，是七爺和八爺。」

我聽了心裡不禁一緊，「怎可能，陰界的七爺八爺找小官問路？這也太玄了吧！」

小官看我一臉狐疑的樣子，神色自若的說：「剛才七爺和八爺問我某某人認不認識，我說不認識，又問××路×巷×弄怎麼走，我說我不住這裡不知道，然後他們就拖著鐵鍊鏗鏘鏗鏘走了。」

瞧他一臉正經八百，說得還跟真的一樣，我也不置可否。

二人繼續往前走，但還走不到社區另一端出口，便見一部救護車閃著紅色警示燈，大鳴著「嗚咿——嗚咿——」警報聲疾駛而來。

望著駛入社區暗巷裡的救護車，我隨口說：「那麼巧？」

小官說：「不是巧合，是真的。」

第二天早上上學途中，再經過那個社區，卻見巷口已搭起棚子，一戶住家門口貼著「忌中」，正準備辦喪事。

回想昨晚所遭遇的一段，我感到詫異不已。先是黑狗「吹狗螺」，繼之七爺、八爺找小官問路，然後就是救護車到，今早果真有人辦喪事。

看小官一副貌不驚人樣子，竟有此「識鬼」異能，也算是奇人吧！

後話——

小官是我學弟的同學，曾上過電視靈異節目受訪，我沒有和他見過面，但透過學弟曾和他通電話請教命理問題，還說的奇準，不得不相信他確實有道行。這篇巧遇七爺八爺的故事，就是當記者的學弟告訴我的，記者的共同特性就是鐵齒、質疑，講得跟真的一樣，應該所言不假吧！

台東市區篇

別搔我的臉

「幹！衝啥小？」阿吉正愛睏得很，連連被騷擾，三字經不禁脫口而出，不耐煩情況下，阿吉用力往臉上一抹，竟然是一撮頭髮。

阿吉是水電工，沒工作時喜歡揹著釣具到海邊釣魚，經常一釣就是一個晚上。阿吉對釣魚的著迷，可說已到了廢寢忘食，甚至走火入魔地步，有時興趣一來，還釣個通宵達旦，直到天亮才回家。阿吉嫂常自嘲是「獨守空閨」、「守活寡」，因為人不如魚啊！

不過，她也瞭解阿吉是個顧家的好男人，沒有不良嗜好，工作也很認真，釣魚純粹是興趣。阿吉嫂也不忍心干涉他這唯一的興趣，只是心裡常想著：「什麼時候，阿吉才不會想去釣魚呢？」

颱風剛過去，阿吉便迫不及待地整理釣具，準備魚餌。因為颱風剛過，在河海交接處，各類魚群最多了，夠他大顯身手，好好享受釣魚的樂趣。

才吃過晚飯，阿吉便急著出門，只交待老婆一聲：「我可能晚一點才回來。」

阿吉嫂早習慣她這「釣癡」老公的行徑，也不置可否，繼續忙她的家事。

颱風肆虐過後的台東市街頭一片凌亂，掉落的電線，倒伏的路樹，電桿東倒西歪的，樹葉、垃圾、看板、招牌掉滿地，行人也很少，阿吉跟往常一樣，騎著機車來到堤防邊的防風林。

停妥機車，阿吉揹著釣竿、竹簍，拿著手電筒，朝卑南溪出海口慢慢走過去。前面是一大片的鵝卵石灘地，阿吉拿手電筒四周照了下，哇！漂流木還真不少，橫七豎八地堆滿了海灘，大概是山洪爆發，把山上的林木都給沖刷下來了。不過，等颱風過後，只要一、兩天工夫，就有一大堆人到海邊來撿拾漂流木。

阿吉循著他熟悉的路徑，走到靠出海口的灘頭，海邊黑漆漆的，只海風嘯嘯地吹著。天空陰沉地有點可怕，看起來蠻恐怖的。但阿吉早習慣了，並不當一回事。

阿吉在漂流木間穿梭，鑽來鑽去的，好不容易找了塊空地，便開始套竿裝餌，一心期待魚兒上鉤的喜悅。

釣了兩個多鐘頭，成績還不錯，已釣了十幾條魚上來，只是蹲久了，腿痠麻得很。阿吉站起身來，扭腰轉身甩甩臂，活動活動一下筋骨，順便看看四周，想找一根靠近海邊的漂流木，好讓背靠著舒服些。

阿吉瞧了瞧，就近找了根直徑約一米半、六、七公尺長的大漂流木，插好了釣竿，便坐了下來，背靠著木頭，感覺舒服多了。

看看手錶快十二點了，阿吉打了個哈欠，兩眼定定地望著漆黑的海面，海風仍嘯嘯地吹，很像催眠曲。不知不覺眼皮重了，然後頭往後一仰，靠在木頭上竟睡著了。或許太累了，身體竟慢慢往旁邊傾斜，最後，整個人橫躺下來。

朦朧中，阿吉感覺有東西在搔他的臉，下意識用手去撥，但才撥開，不一會兒，那東西又過來搔癢他的臉。

阿吉睡意正濃，怎堪連連被騷擾，便用手大力地把那東西揮開去，但才一下子，那東西又來了，好像又不是蒼蠅或蚊蟲之類的東西，揮也揮不去，趕也趕不走。

「幹！衝啥小？」阿吉正愛睏得很，連連被騷擾，三字經不禁脫口而出。

不耐煩情況下，阿吉用力往臉上一抹，竟然是一撮頭髮。

「咦！怎會有頭髮？」阿吉疑惑著。

隨手一抓，是人的頭髮，感覺還附著在頭皮上呢！

手再伸長點摸，竟然還摸到人的眼睛和鼻子，只不過十分冰冷。

阿吉陡地感到一陣莫名的驚懼，迅速一骨碌爬起身來，黑暗中，他摸到手電筒，打開燈光一照。

「啊——！」阿吉大聲地驚叫出口。

阿吉驚嚇極了，手電筒脫手掉了下來，燈光正好照射在剛剛躺靠的那一根大漂流木下端。漂流木下邊躺著一個長髮覆臉，衣衫襤褸，身體已腫脹的女人。不，應該說是一具女屍，並且是「水流屍」。

大概是颱風天，不小心失足落水，被山洪沖到河口，再被海浪給打上來，就擠靠在漂流木下邊。

阿吉原是背靠著漂流木打盹，後來睏了，便順勢倒下來，頭剛好和那女屍的頭相頂著。半夜，海風一吹，女屍的長髮就飄拂到阿吉的臉上，怪不得他一直以為是蒼蠅或其他東西在搔他的臉。

阿吉想到和女屍「同木共枕」一晚，自己卻渾然不覺，不禁打了陣寒顫，手腳也不聽使喚地顫抖個不停，驚嚇得合不攏的嘴巴，直喃呢著：「那ㄟ按呢？」

好一陣子，阿吉方才緩緩回過神來，全身兀自顫抖著，巍巍顫顫地俯身撿起手電筒，再照射了下，確定是具女屍。阿吉再不敢逗留，一邊口唸著：「阿彌陀佛，阿彌陀佛……。」一邊慌忙地拾起釣竿、竹簍。

不顧灘頭高低不平，跌跌撞撞，連跑帶爬地衝到機車旁，跨上機車，急急發動。如喪家之犬般的，沒命般地一口氣逃回家裡。

阿吉嫂正疑惑阿吉怎麼那麼早就回來，卻見阿吉臉色慘白，神情驚恐，好像受到什麼嚴重的驚嚇。

只見阿吉結結巴巴地說：「我、我、我……，看、看、看……，看到水流屍了。」一說完，頭往後一仰，就昏厥過去。

阿吉這一驚嚇，差點把三魂七魄都給嚇丟了。阿吉嫂不知跑了多少廟，求了多少神，收了多少次驚，阿吉的魂魄方才悠悠回轉過來。

經此「奇遇」之後，阿吉再不敢晚上去釣魚了。最高興的當然是阿吉嫂，從此，不用再當「活寡婦」了。

後話——

阿吉是我朋友的朋友，他在講述這段釣魚奇遇時，還信誓旦旦：「這是我親身經歷喔！不是在講鬼故事。」看他一臉正經模樣，應該不會假。從哪裡證明呢？阿吉自從那次「扯髮驚魂」後，再不敢晚上去海邊釣魚，改到釣蝦場釣小蝦小魚，理由是「很怕再碰到頭髮長長的水××。」

午夜的嬰兒哭聲

循著嬰兒哭聲，她來到走道盡頭的病房，推開門，裡邊烏漆抹黑的，除了兩張空盪盪的病床外，什麼也沒有，嬰兒啼哭聲也戛然而止。

早在小莉到這家綜合醫院報到之前，就曾耳聞一些有關這家醫院鬧「嬰靈」的傳言。但小莉根本不以為意，不是她新潮不信邪，而是她認為醫院本來就是生、老、病、死的地方，總會有人來到這個世界報到，有人到另一個世界報到。

生生死死，原本就是人生歷程，想明白了，根本不足為怪。更何況在此之前，小莉也曾在大醫院的急診室和開刀房待過，見多了斷臂殘腿、開腸剖肚的大場面，哪還怕這些看不到的幽靈鬼怪？

小莉實在有夠大膽的，經常一個人獨包大夜班，她常開玩笑說：「趁年輕體力好時多賺點錢，等嫁了老公就要好好享福了。」

通宵熬夜照護病患，對精神體力都是很大的考驗，特別是在三更半夜，獨自一人巡房、換藥、打針，測量病患徵象，行走在光線不是很明亮的走道上。老實說，沒幾分膽識，還真不敢待下去呢！

午夜零時，小莉接了大夜班，交接清楚之後，便開始例行性的工作，量血壓、打針、換藥，一、二十個病房轉下來，都已凌晨一點多了。

才坐下來想休息一下，待會兒還得趕一份報告呢！卻聽到走道那頭傳來嬰兒微弱的啼哭聲。

小莉心裡想：「不會吧！這三樓都是內科慢性病患者，怎會有小嬰兒哭聲呢？莫非有家屬帶小嬰兒來？可是那種哭聲分明是剛出生嬰兒的哭聲。」

「會不會這幾天我休假，院方又把部分病房回復做婦產科，可是沒聽說啊！何況剛剛巡房也沒看到啊！」小莉心裡儘管疑惑著，但因為腿痠，一時也懶得去理會。

但那嬰兒啼哭聲卻一陣緊接著一陣傳過來，雖不是很大聲，但在夜深人靜當兒，聽起來卻格外清晰刺耳，小莉決定去看個究竟。

循著嬰兒哭聲，她來到走道盡頭的病房，推開門，裡邊烏漆抹黑的，除了兩張空盪盪的病床外，什麼也沒有，嬰兒啼哭聲也戛然而止。

小莉探頭望了一下，不明所以，退出來，輕輕帶上門，可才沒走幾步，啼哭聲又起。小莉尖著耳朵仔細聽，確定哭聲是從那間病房傳出來沒錯，又回頭開門探望，但一切毫無異狀，靜悄悄地，什麼也沒有。

小莉狐疑地帶上門，正要走回護理站，嬰兒啼哭聲再起。這回小莉心裡有數了，早聽說這家醫院之前是婦產科，難免會有墮胎或嬰兒夭折情事，或許就是所謂的「嬰靈」在作怪吧！

小莉雖是個女孩子，倒也十分沉著冷靜，尤其在「心裡有數」情形下，她了然於胸。於是慢慢走回那間病房，推開門，對著空盪的房間輕聲地說：「小ｂａｂｙ，阿姨知道你很孤單，想要人陪你玩，可是阿姨在忙，沒空陪你，請你乖乖地睡覺，一瞑大一吋，好嗎？」

說完，輕輕地帶上門，然後隨著步伐默數著：「一、二、三、四、五……。」看會不會再聽到小嬰兒的哭聲。

但一直到她回到護理站，一切平靜如常，再沒聽到小嬰兒的啼哭聲。

小莉托著腮，望著走道盡頭的病房，欣慰地低聲自語：「嗯！這小ｂａｂｙ還蠻乖、蠻聽話的嘛！」

約莫半個月後，小莉又值大夜班，例行的量血壓、打針、換藥，讓她忙的恨不得有個分身來幫她分勞解憂。好不容易回到護理站，脫下手套，到洗手台要洗手，只是水龍頭一打開，卻沒有水流出來。

小莉愣了一下，困惑著：「怎會沒水呢？」她將水龍頭開更大一點，但還是一樣，沒有水流出來。不禁自語道：「會不會是自來水公司臨時停水？可是停水也應該事先通知啊！」

聳聳肩，不置可否，轉身要拿紙巾擦手。但就在她手離開水龍頭轉身之際，水龍頭卻「嘩啦！嘩啦！」，大股自來水突地沖出來。

小莉嚇了一跳，只當是水壓不足所致，於是又伸手到水龍頭下準備洗手。但手才一靠近水龍頭出水口，又沒水了，小莉想：「大概是水壓不夠吧！」轉身就要拿紙巾，此時，水龍頭又「嘩啦！嘩啦！」大股自來水流出來。

小莉覺得好笑，心裡想著：「難道我有特異功能，自己不曉得，不然，怎會手一靠近水龍頭就停水，手一拿開水就來？」

小莉兀自在那裡瞎猜著，但事實就是如此，她要洗手就沒水，她不洗手，水就來。小莉如是試了幾次，屢試不爽，她還覺得蠻好玩的呢！

抬頭看看壁鐘，午夜兩點半了，待會兒還得巡病房，可折騰了老半天，一雙手到現在還沒洗。小莉不經意地瞄了走道盡頭的那間病房一眼，突然，像想到什麼的，臉一沉，便走到洗手台前，左手插著腰，右手指著水龍頭說：「嘿！小鬼，別鬧了，你沒看阿姨正在忙嗎？」

嚇！還真靈呢！話才說完，水龍頭就「嘩啦啦！」出水了，而且出水不止，一直到小莉洗完手，關了水龍頭，水才停止。

小莉不禁暗忖：「看來我跟小鬼還挺有緣的嘛！」

當其他護士爭相抱怨晚上值大夜班時，常無緣無故，不是東西掉落地，就是水龍頭的水有一陣沒一陣的，害得她們沒法專心工作。

這時，小莉心裡就會暗笑：「才不呢！我跟小ｂａｂｙ、小鬼處得蠻好的，他們也蠻聽話的。我說一他們就不敢說二，還陪我上大夜班呢！」

說的也是，雖然看不見，但小莉可以感覺到他們就在她身邊陪伴著她。偶爾，小莉也會自言自語，講故事給「他們」聽。

後話——

嬰靈傳說不斷，還說得活靈活現，甚至把身體欠安、運途不順，都歸罪嬰靈作祟。女人墮胎，一定有難言之隱，小肧胎假使有靈，應該會原諒，而不是死纏爛打，非報復、討公道不可。再說若真有嬰靈，當之是可愛小精靈、小天使有何不可？何必穿鑿附會，硬要把祂當「恰吉」看，就自己嚇自己了。

同志，跟我走吧！

萍萍驚疑地慢慢睜開眼睛，恰好看到那個白影正轉身向外走去，但不是走向門，而是筆直地朝著床尾的牆壁「穿」過去。

躺在病床上，萍萍懊惱不已，都怪自己太性急，機車騎太快，才會撞到那隻從巷口裡突然竄出來的野狗，害自己現在躺在病床上動彈不得。

醫生檢查結果，有輕微腦震盪現象，囑咐住院兩、三天觀察。萍萍這一摔，傷勢還不輕呢！手腳破皮不說，連一張漂亮臉蛋也掛了彩，左臉頰腫得像個「麵龜」似的，又因為擦了優碘、消炎藥膏之類的，乍看之下，簡直就像唱京戲的大花臉。

「這張大花臉，教我怎麼去上班見人呢？」萍萍儘管懊惱，但也無可奈何，索性聽從醫生的指示，住院個兩、三天，好好休息吧！免得上班出醜。反正，現在是病號，病號最大了。

辦公室同事倒很熱心，下班後，輪流來看她陪她，有好捉狹的還帶了鏡子來，讓萍萍照照尊容。萍萍看了也覺得好笑，自嘲說：「我這張大花臉，連鬼看了也怕。」

待同事離開後，原本喧嘩、嘻鬧，笑聲不斷的病房，剎時清靜不少，那種醫院特有的「寂靜」氣氛，在夜晚時分，還真有幾分陰森恐怖的感覺呢！

折騰了一天，萍萍也累了，想睡覺了，習慣地關了大燈。但才躺下，燈又亮，萍萍以為剛才沒有切好，便又費勁地慢慢溜下床，把開關用力往下切。

好不容易爬上床，正要躺下，燈又亮了。

萍萍感到好奇怪，「難道是開關接觸不良？」

但為了一夜好眠，只好又勉強下床關燈，但人才躺下，燈又亮了。

萍萍心想，可能是為了方便護理人員半夜巡房換藥，特地做這樣的設計吧！也不多做揣測，隨手拿條手帕遮住眼睛，躺下不久，便昏昏沉沉睡著了。

矇矓中，萍萍感覺有個白影來到她床前，就站在床邊定定地看著她。萍萍以為是護士小姐來幫她換藥，可是卻不見有任何換藥動作。

萍萍覺得困惑，想轉頭看個清楚，卻發現她全身像被什麼東西壓住，動彈不得，想出聲，喉嚨也像有東西梗住一樣，發不出聲音來。

萍萍從來沒有碰過這樣的事情，但她曾聽說過有「鬼壓床」這種事。想到這裡，內心突然惶恐起來，手腳不自主地拚命發抖，想起身卻起不了身，想喊救命又喊不出聲音來，只能眼睜睜地看著天花板，萍萍害怕極了。

那個白影還是站在萍萍旁邊，一動也不動，萍萍只感覺到一陣陣穿心、令人毛骨悚然的陰冷，也分不清是冷氣太強冷得發抖，還是驚嚇得全身發抖。

萍萍用眼睛餘光瞄著白影，看不清長相，只看到濛濛的一團白影。好一會兒，那個白影竟蹲下身來，朝萍萍的右臉頰徐徐地吹氣。

萍萍感到臉頰一陣冷颼颼的，冰冷中還帶著刺痛的感覺。萍萍嚇壞了，緊閉雙眼，心裡直默唸：「南無觀世音菩薩保佑、南無觀世音菩薩保佑、南無觀世音菩薩保佑……。」

好一會兒，都沒有什麼動靜，萍萍驚疑地慢慢睜開眼睛，恰好看到那個白影正轉身向外走去，但不是走向門，而是筆直地朝著床尾的牆壁「穿」過去。

萍萍看得十分真切，那是一個留著長髮的女人背影，然後，看著這個背影，慢慢地隱沒在牆壁裡。萍萍嚇呆了，張大著嘴巴，忘了要喊救命。

或許驚嚇過度，萍萍昏昏沉沉地昏死過去，之後就睡著了。

第二天上午，小芸和小雯來探望她，發覺她臉色很差，一副「失魂」的模樣。萍萍就講了昨晚睡覺的一段遭遇。說著說著，還兀自顫抖，直喊「好恐怖喔！」

小芸聽了大笑，說：「怎麼可能呢？都什麼時代了。會不會是妳昨天頭撞地，把頭殼撞壞，秀逗了。」

小雯也接口說：「醫生說妳有輕微腦震盪，會不會因腦波不穩，影響視覺產生的幻影現象？」

二人這麼一說，萍萍也迷糊了，不確定昨晚的遭遇是真實還是幻覺？畢竟，生病住院的人，精神狀況較差，很可能因注意力不集中，容易將現實和幻覺混淆了。

經小雯和小芸一分析、開導，萍萍稍為釋懷些。三名小女生又是一陣嘻哈笑鬧，病房裡再度洋溢著青春活潑的笑聲。

吃過午飯，看沒幾頁小說，萍萍眼皮變得沉重，沒多久便睡著了。

隱約中，感覺有人在拉她的腳，心想，誰那麼無聊拉她的腳，便用力想蹬開。才想抬腳蹬開，卻發現兩腳被緊緊地壓著，想起身看個究竟，上半身竟無法動彈，連頭也無法擺動，就像被五花大綁，牢牢地釘在床板上一樣。

萍萍意識很清楚，有「無形的東西」壓她的身，拉她的腳，甚至還隱約聽到一個緩慢、冷漠、沙啞的男人聲音，毫無音調的說：「跟我走，跟我走……。」

萍萍急了，她知道這絕不是幻覺，也不是做夢，而是千真萬確的「見鬼」了。拉腳的力道愈來愈大，也愈來愈急，萍萍又驚又急，卻喊不出聲音來。

千鈞一髮之際，房門「喀喇！」一聲被推開了，萍萍雖然眼睛睜不開，但知道一定是她同事來看她，心裡不禁暗喜：「這下有救了，只要她們搖醒我就行。」

正滿心期待救援時，卻聽到其中一人悄聲說：「噓！她在睡覺，讓她睡吧！別吵醒她，我們晚一點再來吧！」隨後，「喀喇！」一聲，房門又給帶上了。

萍萍心情頓時跌落谷底，她不曉得該怎麼辦才好？只能憑意志力和「對方」抗拒。可是「對方」一直用力拉扯她的腳，且不斷地重覆著：「跟我走，跟我走……。」

已僵持好一段時間了，萍萍力氣幾乎放盡，正感絕望之時，她的死黨──小雯和小芸又來看她了。萍萍心裡暗暗祈禱：「拜託，拜託，千萬別走，過來搖醒我吧！」

小芸看萍萍一動也不動，轉身對小雯說：「她睡得正熟，就讓她睡吧！別吵她。」拉著小雯就要往外走。

萍萍心裡又驚又急，心想：「這下完了，沒有人可以救我，我怎麼辦好呢？我還年輕，我不要死，我不要死……。」

忍不住那番絕望的心情，一時悲從中來，急得掉下眼淚來。

小雯走到門口，正要反手帶上門，回頭再看了萍萍一眼，發現她的眼角在燈光照射下，閃爍著亮光，便又回身來到萍萍床邊，俯身想看清楚亮亮的是什麼東西？趨近一看，發覺是眼淚，再看萍萍臉色一片慘白，雙眼緊閉，額頭冒出一排汗。小雯感覺有異樣，忙叫住小芸：「先別走，妳看，萍萍在哭吔！」

「怎會呢？」二人忙出手搖晃萍萍身體。

就一剎那間，萍萍彷彿被卸下枷鎖，掙脫了出來。看到小雯和小芸，忍不住抱住二人放聲大哭。

看萍萍那副驚恐的樣子，二人也駭異不已，忙問：「到底怎麼回事？」萍萍餘悸猶存，邊抖顫邊哽咽地說：「我被鬼壓身，還一直拉我的腳，要我跟他走，好可怕哦！」

小雯和小芸聽了，全身雞皮疙瘩都不由自主地全站了起來，頭皮也發脹發麻。忙扶著萍萍下床，七手八腳地收拾東西，趕辦出院，再不敢在這「鬼病房」多待上一分鐘。

大太陽底下，三人大大地舒了口氣，好像死裡逃生，逃離鬼門關一樣。

小芸看了萍萍的臉，不忘調侃地說：「妳還說妳這張大花臉，連鬼看了也怕。我看是鬼看了妳這張大花臉，誤以為是他們同類，要拉妳歸隊呢！」說罷，三人相視大笑。

回頭看那一幢建築宏偉，號稱「後山台東」設備最新穎、最現代化的醫院，萍萍撫著胸口，仍心有餘悸地說：「嚇死人了，沒事還是少上醫院為妙！」

後話——

醫院是生死門，也是陰陽交會之處，最易發生離奇古怪事，特別人在住院期間，正是身體最虛、陽神最弱時刻，看到「無形的」似乎也很自然。一回我到中興新村地方研習中心受訓，因路程遠提早入住，整個營區就只我一個人睡，當晚就被「無形的」壓。第二天告知輔導員，他笑說：「你也被壓了？」顯然被壓的不只我一人。

頭頂上的小人

照片中可以清晰地看到一個頭戴高帽身形頎長的白影，旁邊則是一個矮胖的黑影，後頭緊跟著兩三個五顏六色身影模糊的人。

當陳婷和其他一起實習的同學魚貫進入校門，受到全校師生列隊歡迎時，她內心真是百感交集，既興奮又感動。

十年前，當陳婷還是這所小學的學生時，也正如同此刻，和同學列隊站在校門口，歡迎前來實習的師院學生。當時她很羨慕實習老師個個聰明漂亮，小小心靈裡，也希望有一天能當個實習老師，回學校接受學弟妹們的歡迎。

今天，她終於回到母校了，好些老師還記得這位當年綁著兩條大辮子，聰明伶俐，品學俱優的小女生，現在已是師院四年級高材生了。

老師們爭相和這位昔日的小女生噓寒問暖，羨煞一起前來實習的同學，陳婷感覺無比的溫暖窩心，畢竟是這所小學畢業的學生，和老師們有著濃濃的師生感情。

畢業十年，校園景象幾乎全變了個樣。過去平房瓦頂的教室全拆了，改建成二層樓的水泥教室，校園裡花木扶疏，也增添了好多動物模型和遊樂器材，看起來很漂亮、很雅靜。

唯一沒有改變的是操場另一頭的公墓，還是一副亂葬崗模樣，和小學毗鄰實在很不搭調，但市公所沒有遷葬的打算，學校也莫可奈何，只有遙遙相對繼續當鄰居了。

陳婷記得很清楚，以前上課若碰到黃昏陰雨天，老師便會故意講鬼故事來逗弄同學，還有意無意地看看操場另一頭的公墓，更增添恐怖氣氛，而班上同學是怕鬼又愛聽鬼故事，很矛盾。

小朋友之間也常有人繪聲繪影，說晚上騎單車經過公墓，看到綠色的鬼火在空中飄來飄去，有時還會追逐騎單車的小朋友，嚇得成群夜遊的小朋友哇哇叫四處逃竄。

也有同學說，晚上和鄰居小朋友到學校操場玩，曾看到瘦高個兒的七爺和矮胖黑臉的八爺，帶著一群孤魂野鬼在公墓邊遊盪。有大人，有小孩，有缺手的，也有斷腿的，還聽得到鐵鍊拖地的匡噹聲，說得活靈活現的，嚇得同學們一到天黑，再不敢逗留操場嬉戲。

那都是童年往事，事實上，現在校園裡整理得十分整潔乾淨，一些枯樹雜草野菠蘿都除去了，再沒有那番荒蕪陰森的感覺。

陳婷匆匆瀏覽了下，讓童年記憶在腦子裡迅速轉了圈，隨即回到現實。迎著小朋友興奮歡樂的笑聲，開始她實習教師的第一天。

三週的實習教學一晃眼就要結束，為感謝實習老師辛勞，學校特別安排五年級學生和實習老師利用週末夜晚在操場上舉辦野炊及營火晚會。

夏夜星斗滿天，涼風徐徐，小朋友高興地烤肉、唱歌、做遊戲，圍著營火又叫又跳的，氣氛十分熱烈，隨後大夥兒又爭相和實習老師合影留念。

陳婷也帶了傻瓜相機來，她請同學幫她和她「出師」的第一批高徒攝影留念，閃光燈此起彼落，把個原本黑漆寂靜的操場，炒作得熱鬧滾滾。

第二天，陳婷到照相館取照片，一張張都是小朋友活潑調皮的畫面，有扮鬼臉伸舌頭的，有比手劃腳模仿影歌星唱歌的，陳婷邊看不自覺笑了出來。

最後一張是她和學藝股長郭素雲的合影照片，陳婷雙手搭在郭素雲肩上，背對著操場後邊的墓地，背景是一片漆黑。但陳婷發現照片中郭素雲頭上有一小片花花白白的斑點，在黑色的背景中顯得特別突兀，尤其那個斑點位置又剛好在郭素雲頭頂上。

陳婷拿著照片問：「老闆，這張照片的底片是不是刮傷了？」

老闆接過照片看了看說：「不可能刮傷啊！我仔細瞧瞧。」

照片中，郭素雲頭上有兩三個模糊的光點，長短不一，且參雜著五顏六色。

老闆端詳了半天看得奇怪，隨手拿起放大鏡對著照片中的斑點處仔細看。

一邊看一邊喃喃低語道：「七爺，八爺，怎麼可能？」

抬起頭來，對陳婷說：「妳稍等一下，我把它放大看看。」

好一會兒，格放四乘六的放大照片沖洗出來，老闆看了不禁脫口道：「這不是七爺八爺牽亡魂嗎？」

他這一驚呼，店裡的店員和顧客全圍攏過來，爭相觀看所謂的「靈異照片」。

大家對小女孩頭上竟會出現「異形」，都感到不可思議，嘖嘖稱奇不已。

陳婷接過放大照片，心裡不禁一陣駭然。過去只在台視《玫瑰之夜》鬼話連篇節目上看到的靈異照片，沒想到竟會發生在自己身上。

照片中可以清晰地看到一個頭戴高帽身形頎長的白影，旁邊則是一個矮胖的黑影，後頭緊跟著兩三個五顏六色身影模糊的人。

他們走在郭素雲頭上，彷彿是一群人在小山坡上散步一樣，也有點像童話故事《格列弗小人國遊記》中的情景。

老闆看著一臉茫然的陳婷，好奇的問：「小姐，妳這張照片在哪裡拍的？」

陳婷說：「是在××國小操場上拍的。」

老闆一聽，拍掌笑道：「那沒錯，我也是那所學校畢業的，早聽說那裡常有稀奇古怪的事情發生，沒想到真有這麼回事。」

離開相館，大太陽底下，陳婷猶然滿心困惑：「在科學發達的今天，怎會還有這種事情發生，而且就發生在自己身上，看來得去拜拜收驚了。」

後話——

當記者拿這張照片給我看時，我還半信半疑，不過，我選擇相信，因為照相館老闆是我朋友，為人老實不會做假。我辦公室助理曾跟我說，她有一次午夜和爸媽參加「鬼屋」觀鬼活動，在法師唸咒下，親眼看到約一吋高的小綠人，出現在破舊的窗櫺上，然後一閃不見了，幻術？靈動？自行判斷。

牽手、怪手

就在秀梅低頭查看到底怎麼回事時，一隻粗壯的男人手臂，倏地從後座縮手回去，微暗中，秀梅清楚地看到那是一隻男人的手臂，一隻懸在半空中的斷臂。

當擴音器廣播著：「請有空的同仁現在到地下室停車場，準備參加中元普渡拜拜。」時，秀梅心裡不禁覺得好笑，都什麼時代了，還來這一套。

不是秀梅鐵齒，而是桌上還有一大堆公文待辦，但不下去又不好意思，因為她的愛車也是停放在地下室停車場。所有車子停放在地下室的同仁每人還交五百元共襄盛舉呢！

鄰座阿美正催促著，秀梅也跟著下去了。

地下室入口處擺了好幾張大桌子，總務單位和司機大哥倒很用心，準備了好多豐盛的供品。三牲四果、雞鴨魚肉，外加整箱的仙貝、泡麵、洋酒、啤酒，大概除了孝敬「好兄弟」外，也孝敬自己的「五臟廟」吧！

農曆七月，俗稱鬼月，據說鬼門關大開，陰間所有好兄弟和孤魂野鬼，全都放出來「度假」。真耶？假耶？沒人認真去探究，反正這種神鬼之說，本來就是信者有之，不信則無，不用太認真去計較，不過就是從俗罷了。

開始祭拜了，秀梅和同事們一起舉香站在供桌後，朝地下室停車場上坡出口處虔誠地膜拜。

司機邱大哥代表眾人祝禱：「今天是農曆七月十六日，弟子謹備三牲四果、點心薄酒供上，敬請諸位好兄弟前來享用，並請保佑我等同仁行車平安，事事順利。」

拜拜完，接著燒金紙，眾人七手八腳圍著鐵桶燒金紙，很是熱鬧。

看到同事們像辦喜事般地熱心合作，秀梅感到很窩心。心裡想著：「普渡拜拜，不只人和人之間的感情親近了，連和鬼之間的感情也親近了。」

正當秀梅和阿美邊燒金紙邊閒聊時，工友阿財不知幾時站到她們後邊來，表情還很神祕地對二人說：「剛剛你們舉香拜拜時，我看到外邊有很多人在等著。」

阿財沒頭沒腦地講這些話，二人一頭霧水，不曉得阿財在講什麼碗糕？

阿美問道：「哪裡外邊？」

阿財說：「就是地下室停車場外邊啊！」

阿美還是沒聽懂阿財在講什麼，又問：「很多人是指什麼人？」

阿財悄聲地說：「就是很多好兄弟啦！」

阿美瞪大眼睛看著阿財，狐疑地說：「阿財，你別嚇人好不好？大白天怎麼可能？」

阿財說：「真的啦！我沒有騙妳們啦！剛才我真的有看到那些東西。」

二人還是沒聽懂阿財在講什麼碗糕，反正阿財就是那個調調，常常無緣無故地突發驚人之語，卻又教人不知所云、不明所以。有同事打趣說，阿財可能在廟裡兼當乩童久了，腦筋有點「秀逗」了。

秀梅看阿財不像故弄玄虛、開玩笑的樣子，猜想一定有名堂，便說：「阿財，你就不要賣關子了，剛才到底怎麼回事？」

阿財這回倒正經了，正色地說：「剛剛你們舉香拜拜時，我看到地下室出口有很多孤魂野鬼在那裡等著搶供品，男女老少都有，有缺手斷腿的，也有缺鼻沒腦袋的，都伸長著手等著搶吃拜拜化了的供品。」

聽阿財煞有介事地這麼一講，秀梅和阿美忍不住回頭看了地下室出口一眼，可是外頭的太陽正大著呢！刺眼的陽光照著二人不禁都瞇起眼睛來，秀梅低聲自語說：「不會吧！大白天怎麼可能會有這種事？」

二人半信半疑，不確定阿財是嚇唬她們還是確有其事，不過，鬼月聽鬼話，還是叫人心裡毛毛的。在這裡上班好幾年了，從不曾聽說有人遇見鬼，八成是阿財在胡謅瞎掰。

疑慮也不過維持一下子而已，當回到辦公室，繁雜的公事令她根本無暇去思考啥靈異鬼魅之事。

一如往常，秀梅在吃過晚飯，大約七點十分左右，開著她那一部心愛的小MARCH，載她唸國小三年級的寶貝女兒到市區補習。通常從她家開車到市區補習班，來回大概要半個鐘頭左右，但自從村子邊的外環道路開通之後，來回竟只需十多分鐘，快得很。

由於是新闢道路，路面十分寬敞筆直，加上車少又沒有紅綠燈，不但可享受開車的快感，而且很短的時間便可到達補習班，真是快速又便捷。

對此，秀梅不得不佩服她老公有先見之明，當初搬來這裡時，秀梅很反對，認為離市區遠，要逛街買東西或接送小孩補習都很不方便，可是自從外環道路通車以後，秀梅發現住在市郊比住在市區安靜方便。

只有一點令秀梅感到不舒服的，就是走外環道要經過一大片公墓，一叢叢高聳的墓堆，即使是大白天，讓人看了也覺得不舒服。前些天回婆家，婆婆還特別提醒她，農曆七月晚上，最好不要走那條路，避免碰到「歹物」。

秀梅心想：「都什麼時代了，況且自己也受高等教育，怎會附和怪力亂神那一套呢！想來應都是老人家以訛傳訛吧！小心開車就是。」並沒有把婆婆的叮嚀放在心上。

送女兒到補習班後，秀梅便馬上回程，想趕回家看八點檔連續劇《達摩》。天空飄著毛毛細雨，感覺有那麼點悽迷味道，車子裡猶播放著女兒最愛聽的歌曲——張惠妹的〈牽手〉。輕快的節奏，讓車廂裡充滿著歡樂熱鬧氣氛，秀梅也隨著音樂輕哼著。

車子駛過公墓路段，依稀看得到一叢叢高聳的墳堆，在陰雨的夜晚，看起來確有幾分陰森恐怖的感覺。但秀梅根本不在意，每天總要經過這裡兩三回，何況這條外環道又寬又直，來往車輛又少，在這裡開車真是一種享受。

車廂裡迴盪著張惠妹高吭的歌聲：「牽手、牽手、牽手……。」

突然間，音量被開到最大，那突如其來的震天價響，嚇了秀梅一大跳。但更令她驚疑的是，她並沒有去碰觸音響開關，何以音量突然變得那麼大聲？

就在秀梅低頭查看到底怎麼回事時，一隻粗壯的男人手臂，倏地從後座縮手回去。微暗中，秀梅清楚地看到那是一隻男人的手臂，一隻懸在半空中的斷臂。

「啊！」的一聲，秀梅脫口大聲尖叫，就在她低頭查看音響開關的剎那間，她瞥見車後座一團黑影，她已意識到有「歹物」在她車上，碰觸音響開關的手，也不是人的手，而是「好兄弟」的手。

下午阿財說的「怪手」情景，瞬間浮現在她的眼前。

秀梅驚嚇得背脊僵硬，全身起了陣寒顫，手腳不聽使喚地直顫抖個不停。她只感到頭皮發麻，腦子裡一片空白——「那是誰的手？是誰的手？誰的手？」

一陣暈眩，車子打滑出去，失控般地在原地打轉，然後猛地熄火停住。幸好車子只是在原地打轉，並沒有掉落溝裡，也幸好前後都沒有來車，否則，難保不出事故。

秀梅驚魂未定，鼓著勇氣回頭看後座，後座並沒有人，可是她明明看到一隻男人的手臂從後座縮手回去，一股不祥的感覺頓時襲上心頭。

秀梅已意識到她碰到「好兄弟」了，當下，只急得想趕快脫離那裡。但過度的驚嚇，令她全身乏力，連啟動鑰匙的力氣都沒有，但她知道非得趕快脫身不可，她可不願再看到那隻「怪手」再度出現。

拚著一口氣，秀梅發動了車子，油門重重一踩，一股腦兒地飆衝回家。

一進客廳，看到老公詫異地迎著她，秀梅「啊！」的一聲，便昏厥過去。

當秀梅死脫地衝進客廳，她老公看她臉色慘白，兩眼發直，頭髮披散著，以為發生什麼事，也嚇了一大跳。正要開口問，卻見秀梅登時昏倒在地，全身還兀自顫抖個不停，心知不妙，忙呼叫隔壁的大叔、大嬸來幫忙。

眾人七手八腳把秀梅抬上沙發，又是按摩太陽穴，又是溫毛巾擦臉，又是擦萬金油，忙亂了一陣子，秀梅方才悠悠回魂過來。

眾人問明經過，也覺不可思議，早傳說外環道那段路不乾淨，沒想到竟教秀梅遇上了。但秀梅還是很存疑：「難道阿財說的怪手爭食供品的情景是真的？」

經此恐怖經驗之後，秀梅再不敢晚上一個人開車走那條外環道了，當然，女兒最愛聽的《牽手》ＣＤ也被撤片了，以免「怪手」再出現。

後話——

農曆七月市所舉行中元普渡，市長不在由我主祭，當我祭拜完之後，工友老張說：「主祕，剛剛您舉香祭拜時，外面很多人在等著您。」我笑問：「你看到了？」他說：「每次值夜，都會看到祂們在地下室閒晃，反正心照不宣，我也當作沒看到。」老張有陰陽眼，看得到好兄弟也是很正常。

倩女柔情

小偉開夜車直到深夜一點才睡，或許太累了，才躺下便不省人事，睡得好沉、好香、好熟……。朦朧中，聽到有人在他耳邊輕輕地叫著：「弟弟，起床了，弟弟，起床了。」

從台北搬回台東，就數小偉和阿珍最高興了。

姊弟倆，一個從此可和知心男友朝夕相處，可免相思之苦，也不用再長途電話扯個沒完，電話費可不便宜呢！一個則是轉學回本地高中就讀，班上好多同學都是國中和國小的玩伴，感情熱絡極了，很快就融入新學校生活，根本不用啥適應期、磨合期的。

更棒的是住家離學校不遠，騎自行車十幾分鐘就到學校，可以睡晚一點，不用像以前住台北那樣，一大早就得起來趕公車，還得連轉兩趟，簡直就是勞心勞力又浪費時間。若不是因為老媽堅持全家必須生活在一起，不得不隨老爸職務調動而搬到台北，姊弟倆寧可留在民風淳樸、有山有海、空氣又清新、又有人情味的台東。

這次老爸職務又調動了，是調升，而且是回台東升官，一家人都好高興。老爸升官當然高興，老媽也可以喘一口氣了，可以悠閒地騎機車上街買菜，不用再搭公車人擠人，另外，就是親朋好友幾乎都在台東，隨時都有聊天打屁的對象。

姊姊更不用說了，和男友已論及婚嫁，早先還煩惱要是嫁來台東，那工作怎麼辦？辭也不是，不辭也不是，而新婚後各居一地也是怪怪的，現在問題全沒了，全部在台東送做堆了。

小偉本來就是好動又懶睡的少年家，以前在台東可以隨時找同學去爬山、打籃球、騎腳踏車或游泳，在台北那簡直是「恁厝啪死某」（impossible）——奢望。

現在好了，老爸調升回台東，一切又回復生活原狀，全家都好高興。只不過原來的房子，在當初調台北時考慮全家都搬遷便賣掉了，這回老爸構想好了，乾脆就在台東退休，所以決定找一幢地點不錯、體面又舒適的房子，永久居住。

在父親好友介紹下，相中了在台東市郊的一幢別墅，外觀很不錯，內部裝潢陳設也頗雅致，全家人看了都很滿意。聽老爸說，別墅的主人在三、四年前就不住這裡了，房子已空了好一段時間，也乏人問津，大概是等「有緣人」來住吧！

房子是三樓透天別墅，當初搬進來時，小偉就堅持要住三樓後邊的房間，因為他覺得窗戶打開就可以看到一大片水田，及有著美麗傳說的都蘭山。

鳳珍自然也看上那間房間，乾淨幽雅之外，也有股特殊的氣氛，她也說不上來，只感覺房間原來的主人應該是個愛美又頗具詩意的女孩。

姊弟倆都想成為這房間的新主人，二人僵持不下。

還是小偉較滑頭，竟以姊姊早晚要出嫁為由，要阿珍把房間讓給他，這個歪理看似有理，但總覺得有點牽強。

真正讓阿珍讓步的理由，是小偉鄭重提出，說他唸高二了，明年就要準備考大學，三樓後邊的房間比較幽靜，讀書可以專心，假使讀累了，還可遠眺遠邊的山景，讓眼睛恢復疲勞，避免近視再加深。就這個理由，阿珍讓步了。

此地居住環境實在不錯，幽靜不說，離市區又不遠，腳踏車踩快一點，十幾分鐘就可到校，方便極了。大概有這麼一個心理，小偉不免放心地睡起懶覺來，好幾次都差點遲到。

為了準備期中考，小偉難得開夜車，班導說過：「臨陣磨槍，不亮也光。」講得不無道理，好歹不能讓帳面成績太難看，否則，老媽又要唸上半天。

為了能夠專心看書，小偉把房間燈關掉，只開書桌上的檯燈，或許檯燈的燈光照映在窗戶玻璃上的關係，小偉老覺得窗戶的玻璃上有人影在晃動，可是房間除了他，並沒有其他人啊！

小偉用眼睛餘光留意了好幾回，但又似有似無，搞得自己神經兮兮的，心想，會不會看書看太久了，出現了老人家所謂的「飛蚊症」。算了，不理他，專心看書吧！

小偉開夜車直到深夜一點才睡，或許太累了，才躺下便不省人事，睡得好沉、好香、好熟……。

矇矓中，聽到有人在他耳邊輕輕地叫著：「弟弟，起床了，弟弟，起床了。」然後，感到臉頰一陣涼，好像有人朝他的臉吹氣一樣，同時，感覺到身體有點涼意。張開眼一看，被子都快掉下床了，不確定是自己半夜踢的？還是被人拉的？

小偉起身拉被子，順便看一下鬧鐘，早過了七點。每次鬧鐘一響，他都隨手按掉，總要幾番痛苦煎熬，才勉強爬得起來，眼看又要遲到了，忙起身匆忙漱洗，書包一拎，腳踏車一踩，急急忙忙趕上學去了。

之後好幾回，每當小偉睡過頭時，都會出現這種情形。

小偉原以為是老姊怕他遲到，好心叫他起床，豈知阿珍聽了大笑說：「你做夢哩！我還欠人叫我起床呢！」

小偉也不以為意，還沾沾自喜自己的生理時鐘很管用，只要一睡過頭，就自動有人叫起床，比鬧鐘還準呢！久了成習慣，小偉也不以為意，視為當然。

這一晚，老爸帶老媽去吃喜酒，小偉偕同學去看電影，阿珍一人無聊，便打電話叫男友志俊來陪她。

小倆口在客廳邊看電視邊聊天，志俊忽瞥見有人影從廚房邊閃過，以為有小偷潛入，忙衝進廚房察看。

廚房裡沒有人，通往屋後空地的門栓也鎖的好好的，志俊正感到疑惑：「會不會自己神經過敏了？」

倒是阿珍看到瓦斯爐上正煮的開水，不知幾時早燒乾了，若不是及時發現，恐怕會釀成火警，那後果就不堪設想了。

阿珍和志俊為剛剛驚險的一幕，猶驚嚇不已，連呼：「好險，好家在。」

阿珍自責只顧著看電視，忘了瓦斯爐上正正在煮開水，志俊則提到，是因為看到廚房邊有人影晃動，才會進廚房察看。

阿珍笑說：「家裡就我們兩個，怎會有其他人，你見鬼了。」

志俊自認為腦袋一向清楚，反應也很靈敏，絕對不會看走眼，可是他又怕萬一說出口，不嚇壞阿珍才怪，便忍住不提了。

但等回到家，志俊還是忍不住跟他媽提了。志俊的媽有在廟裡修行，對靈異之事頗有感應，聽志俊這麼一說，心裡便有數了，八成那別墅有蹊蹺，笑著對志俊說：「改天我們去她家看看吧！」

準親家見面當然是分外高興，像姊妹淘般地無所不談。阿珍媽聽說志俊媽有在修行，好奇地問：「親家母，那您看我這房子好嗎？」

志俊媽看了看四周說：「房子本來就是福地福人居，你們家又和這房子有緣，住在這裡再好不過了，何況這裡環境好，空氣清新，離市區又不遠。只不過……。」

「只不過怎麼樣？」阿珍媽好奇地問。

「我說了，您不要介意，這屋子裡另有其人。」志俊媽誠懇地說著。

「啊！怎麼可能？」阿珍媽覺得很不可思議。

志俊媽說：「您放心，祂不是壞人。」便將她所感應到的情形約略地述說了一遍。

阿珍提到之前燒開水事件，小偉也插嘴說：「怪不得我每次睡過頭，都有人叫醒我，原來是這麼回事。」

志俊媽笑說：「所以說，祂不是壞人嘛！」

老爸聽老媽轉述，也覺不可思議，都二十一世紀了，怎還會有這種事情發生？並且就發生在自己家裡。便找來那位仲介的朋友詢問，一問之下，便引出一段淒美的故事來。

原來屋主的千金和相愛多年的男友論及婚嫁，但遭家人反對，一時想不開，在房間內仰藥自殺。為此，她家人內咎難過不已，最後搬離此傷心地。

儘管事隔多年，家人亦早已他遷，可是「她」仍難捨成長的地方，獨自留下來，孤獨地守著這空屋。

一直到小偉一家人搬進來，她感到好高興，又發現他們一家人很和善，更喜歡和他們「同住」，自然把小偉和阿珍當弟妹看待，暗中給予關懷、照顧。

就因為如此，所以在小偉睡過頭時，會叫醒他，在阿珍忘了燒開水之事時，會及時示警，避免一場火警的發生。

小偉一家人雖然很感念這位「姊姊」對他們的關懷、照顧，但考慮到人鬼殊途，同居一屋簷下，畢竟有所不妥，便請了法師慎重地幫「她」超渡。

這之後，小偉只能靠鬧鐘叫醒了，再沒有人溫柔地對他說：「弟弟，起床了。弟弟，起床了。」但他真的很懷念這個看不到但卻感受得到關愛的「大姊姊」。

後話——

不是所有的鬼都是惡鬼、厲鬼，也有很多好心鬼、古意鬼，不然哪來「倩女幽魂」、

「鬼報恩」情節？人與鬼如果有緣，不但會相安無事，鬼還會暗中相助，但假使頻率不對，有時還會惡整人。我一位同事一回出差住招待所，睡到半夜連續被扯棉被，嚇得奪門而出，另找旅館投宿。

討祭拜的朋友

阿豪勉強起身拉棉被，才抬起頭來，忽看見床邊站了個人影，身形瘦長，穿了件古裝式的長袍，披頭散髮，背對著阿豪站在窗台前。

阿豪成天晃盪無所事事，不是跑檳榔攤「虧」檳榔西施，就是跟一群狐群狗黨在電玩店窮耗。家裡也拿他沒辦法，索性任他去了，反正只要不出事就好。

這小子書沒唸多少，腦筋卻是靈巧，很有點小聰明，一張嘴巴更是甜得像沾了蜜似的，難怪小娟被他死纏爛纏沒多久，便心甘情願地跟他同居。

兩個人在電玩店同棟大樓的頂樓租了間小套房權充愛的小窩，小套房只十來坪大，但足夠小倆口恩恩愛愛了。

小套房陳設很簡單，一張床、一個衣櫃、一個梳妝台、盥洗室，外加一個袖珍型的小廚房，房子雖小，卻也一應俱全。

二人拎著簡單的行李，又添置了些家當，歡天喜地的搬了進去，滿以為從此王子和公主過著幸福快樂的日子，只羨鴛鴦不羨仙了。

搬了家又整理東西，二人早累得腰酸背痛，也來不及親熱，倒頭就睡。

半夜裡，小娟感覺有人碰觸她的身體，以為是阿豪翻身碰到她，並不以為意，可是怎會有股冰冰冷冷的感覺？小娟心裡疑惑著，但實在太累了，連眼皮都睜不開，懶得去理會。心想，可能剛搬家，換床睡不習慣吧！

又沉睡了好一會兒，小娟猛然驚醒過來，驚懼地張望著屋內四周，但除了躺在身旁睡得像頭死豬的阿豪外，並沒有什麼異樣。小娟一時也意會不出來到底怎麼回事？只覺得有點怪怪的，又說不出個所以然來，撥弄了一下頭髮，倒頭又睡。

看似好夢正酣的阿豪其實也不輕鬆，半夜老覺得有人搔他的腳板，踢了踢腳，便沒了，但隔一會兒又來。三番兩次，阿豪被搔擾得火大，不禁三字經「幹×娘」脫口罵出。

這一斥罵，連小娟也被嚇醒，困惑地看著坐起身來的阿豪，關心地問：「怎麼了？」

阿豪納悶地搖搖頭說：「沒事，大概搬家太累的關係吧！」

第一晚如此，二人以為是剛搬家，對新環境還不習慣的緣故，並沒有很在意，可是接下來連續兩三個晚上都是如此。每到三更半夜，二人常會無端驚醒，要不便是感覺有人在作弄他們，不是身體被觸摸，腳板被搔癢，就是棉被被扯下床去。

小倆口被擾得夜夜不得好眠，一點甜蜜的氣氛都沒有。

這棟大樓新蓋沒多久，裝潢設備都很新穎，也沒聽說過發生什麼命案，應該不會有那些亂七八糟的東西吧！

話是沒錯，可是一到半夜，好夢正酣之際，就有「人」出來作怪。任阿豪再鐵齒，心裡也不免覺得毛毛怪怪的，便下樓問電玩店的老闆阿忠。

阿忠畢竟年紀大些，較有經驗，一聽阿豪這麼說，知道大概是怎麼回事了。便對阿豪說：「這可能是地基主在暗示你要跟祂祭拜，討祭品吧！」

阿豪半信半疑地回到九樓套房內，向小娟轉述了阿忠的話。小娟說：「我也覺得怪怪的，但要怎麼做呢？」

阿豪此時倒顯露出他的小聰明來，就對著房間唸唸有詞說：「本地元始的主人啊！弟子初搬來貴寶地，不知禮數，多有得罪之處，請包涵。若真是您討祭拜的話，我們樓下現在正在玩天九牌，如果讓我贏，那肯定是您，我才要祭拜。」

聽起來有點像兄弟談判，討價還價味道，阿豪也不管那個「人」在不在，聽了爽不爽，抓了一把錢，轉身就下樓去。

阿豪心裡盤算著，反正能贏最好，也證明阿忠講的是實，如果輸了，也就認了。當然，那個「人」也休想我會拜祂，就這麼簡單。

說來還真邪門，在天九牌場子裡，阿豪是押一把贏一把，押兩把贏一雙，手風奇順。看得旁人又妒又羨，莊家更是瞪大眼睛看著阿豪，大聲嚷著：「阿豪，你今天拜了何方神聖？怎手氣那麼好？」

也不過一會兒工夫，阿豪竟贏了萬把元，喜孜孜地上樓向小娟報佳音。二人高興有這筆意外之財，歡天喜地下樓吃大餐去了。

可到了半夜，阿豪正睡得深沉之時，感覺一股涼意，下意識地伸手想拉棉被，卻拉不著，只好勉強起身拉棉被。才抬起頭來，忽看見床邊站了個人影，身形瘦長，穿了件古裝式的長袍，披頭散髮，背對著阿豪站在窗台前。

阿豪還來不及清醒意識，那個身影竟直挺挺地飄到床尾來，然後，杵在那裡，定定地瞪著阿豪。

阿豪嚇壞了，平常的豪氣都不曉得跑到哪裡去了？只蜷縮著身子，緊閉雙眼，不敢正視。

隔了大約三十秒，見沒動靜，方才偷偷地張開眼睛瞄了一下，床尾已不見人影，但卻看見那個瘦長人影竟站在小廚房所謂灶位的上頭，捲起袖袍來做裝物狀。阿豪壯著膽，伸長脖子想看得真切些，但那身影倏地消失不見。

看到這一幕，阿豪心裡有數。他今天贏了錢，卻沒依約祭拜，地基主捲袖袍做裝物狀，就是在暗示他該履行約定了吧！

天一亮，阿豪偕小娟趕緊到市場採買了牲禮、金紙，在廚房虔虔誠誠地祭拜一番。

經過這一番祭拜之後，夜晚睡覺再沒有受到干擾，阿豪有此親身經驗後，也不敢再鐵齒。但影響他最大的是，經歷此「奇遇」之後，阿豪領悟到「歹路不可行」，還是規規矩矩找份正當工作，好好做人吧！

後話——

阿豪是我一位朋友的「賭友」，那次天九牌戰役，我的朋友輸了好幾千塊，覺得不可置信，一問之下，才引出阿豪這段奇遇。地基主家家都有，習俗上，搬遷入住時，都得先祭拜地基主，頗有拜碼頭、打招呼之意。阿豪搬新家沒祭拜在先，又爽約於後，地基主當然就「現身」給他點顏色瞧瞧囉！

火葬場的奇遇

阿榮翻身到右側，他老先生卻像卡通「火影忍者」裡的移身術，瞬間移動出現在他床舖的右側，可是右邊明明是牆壁，哪有站立空間？

阿榮退伍後，工作一直不順，也搞不清楚到底是老闆和他八字不合，還是他和老闆八字不合，反正常常工作一陣子後，不是老闆fire他，就是他fire老闆，當然到頭來，吃虧的還是他自己。

想做生意嘛，沒本錢，去當派遣工嘛，又沒保障，只好暫時賦閒在家。成天晃盪盪的，自己覺得無聊，老爸更是看不下去，嘴巴雖然沒說，但每次看阿榮的眼神，就明顯透露出「不耐」，好像在說：「死囝仔，好手好腳的，也該為自己打算打算，別老想當『靠爸族』，恁爸可不會給你靠的。」

阿榮不是不想出外找工作，實在是經濟不景氣工作難找，何況學歷不怎麼樣，高不成低不就的，也頗尷尬。

不過，話說回來，就算學歷不高，好歹也是「國立××農工」畢業的，他可不想年紀輕輕就拿鋤頭或拿榔頭之類的被定型，總得找些稍體面的工作，將來交女朋友，資歷上也好看些。

可是，不曉得是阿榮天生八字不美，還是老天尋他開心，工作總離不開「火」和「土」。剛退伍時，先在鐵工廠打工，之後再到貨運公司當搬運工，也曾短暫當油漆工，有一陣子還看到他在工地幫忙搭鷹架。

工作換來換去的，卻都是有一搭沒一搭的，從沒個固定的，他心急卻也無奈，只能等老天給機會了。

在家裡蹲了好些時日，感覺都快成了退休人員。

這一天，隔壁村阿土伯剛好來找老爸，說最近標到鄉公所一件修繕案，需要幾個人手，問老爸有沒有認識的。

老爸瞄了一眼坐在電視機前「給電視看」的阿榮，眼前不就一個現成的嗎？這小子真是好命，開著電視看竟睡著了。

便問阿土伯：「要幾個？需要工作經驗嗎？」

阿土伯說：「兩個、三個都可以，就一般小工，沒工作經驗也沒關係。」

阿土伯是土木小包商，專門接些零星小工程，就是俗稱「做土水的」。他是老師傅，工作主要由他擔綱，小工權充助理，就負責遞工具、運材料、翻沙掰土。

阿榮老爸心裡想，這個倒好，讓阿榮跟著阿土伯工作，既不會在家裡吃閒飯，也可學點功夫，說不定哪天出師了，也可自立門戶，當個二包、小包的。如此一來，就吃穿不愁了，也省得他這當爸的一天到晚愁心。

便指著在電視機前打盹的阿榮說：「他可以嗎？」

阿土伯從小看阿榮長大，這小子雖然外表看起來憨憨的，但還算老實，應該也好差遣，便爽快地回答：「當然可以。」

阿榮老爸只在意阿榮有沒有工作，卻沒問工作內容性質。阿榮迷迷糊糊地被叫醒了來，都還搞不清楚什麼狀況，便被老爸叮嚀說：「明早跟阿土伯一起上工。」

阿榮睡眼惺忪，含糊地回應了聲：「喔！」意思是知道了。

一大早，阿土伯開著小貨車來接阿榮到工地。阿榮以為工地應該是挖地基、綁鋼筋的地方，可是不對啊！怎車子越開越偏僻，兩邊的雜草越來越長，到最後，連住家也沒了。等車子停在一棟建築物前，阿榮抬頭看了一下銜牌，媽呀！怎會到火葬場來呢？

長這麼大，還是第一次到這種「寶地」來，雖是大太陽天，但隱約一陣涼意直從腳底透到心窩裡來，忍不住發出求救的信號看著阿土伯。

阿土伯知道小伙子人生第一次到這種地方來，心裡難免憋扭，會感到害怕。拍拍阿榮肩膀，安慰說：「免驚，我們是來做工程的，不是來燒死人的。」

提到「死人」兩個字，阿榮毛毛的心裡再發毛一次，顯得戰戰兢兢，倒是同行的另外兩個小伙子，一派輕鬆自在模樣，好像根本不當一回事。

火葬場自台灣光復後使用到現在，別說設備老舊，連效率都談不上，因為煙囪壞了，壁爐也有龜裂現象，一併修繕了。

阿土伯畢竟是經驗老道的老師傅，上上下下仔細看了遍之後，便知道哪裡要拆，哪裡要補強，工作分配妥當之後，便分頭進行。三個小伙子負責壁爐的水泥磚塊拆換，阿土伯負責難渡較高的煙囪修補。

當三個小伙子專心地在下邊砌磚塊抹水泥時，忽聽得竹梯「喀喳」的斷裂聲，緊接著阿土伯「啊！」一聲的從高處摔落。

眾人嚇了一跳，忙扶起阿土伯，只看到阿土伯額頭冒著豆大的汗，表情很痛苦地說：「我右腿斷了。」阿榮趕緊打一一九，由救護車把阿土伯送到醫院救治。幸好只是右大腿骨折，沒有腦震盪，也沒有內傷，算是不幸中大幸。

鄉長聽說阿土伯維修火葬場摔斷腿，忙趕到醫院探望。對著手術後躺在病床上休養的阿土伯說：「土伯，竹梯不要再用了，改用鋁梯比較安全。」

土伯說：「我知道啊！可是鋁梯不夠長，所以還是用竹梯，只是……。」

他講到這兒，突然間像想到什麼，停頓了，鄉長疑惑地看著他，問：「怎麼呢？」

阿土伯滿臉困惑表情，自言自語地說：「竹梯是我訂製的，竹子還是我自己挑的，怎會突然斷掉？難道是……。」

和鄉長互相對看了眼，不等他開口，鄉長先說了：「喔！我知道了，您忘了祭拜。」

火葬場算是人生在世的最後一道「旋轉門」，人身肉體在此化成一縷青煙，之後，塵歸塵，土歸土，所有的榮華富貴、愛恨情仇，都隨風而去，再沒啥好計較、好眷戀的。

話雖如此，但火葬場畢竟是聚陰之地，靈異難免，各種祭祀禮儀疏忽不得。阿土伯一時失察，忘了動工前，得先祭拜好兄弟，遭逢斷梯斷腿之事，雖屬意外，可冥冥中似乎也有警示意味。

阿土伯住院療養，火葬場修繕工作只好暫停。鄉長考量到火葬將成趨勢，火化費時又設備老舊的火葬場就算修護完成也不濟事，便提計畫向上級爭取經費補助，興建現代化的火葬設施，名稱也改了，不叫火葬場，改叫「殯葬專業園區」。

阿榮經過幾番波折，因緣際會下，竟也到台東市殯葬園區擔任雇員，專門負責操作往生者的火化工作。

他已不再是前些年看到「火葬場」三個字，就嚇得腿軟的憨小子了。現在嘛！就算不是操「生殺大權」，也算是掌握「關鍵時刻」的重要人物。

很多家屬選了吉時要幫親人火化，唯恐時間搭不上，都得拜託阿榮幫忙調度，當然，免不了要塞個紅包意思意思。

這一天是農民曆上的吉日，諸事大吉，所有婚喪嫁娶、移居入厝、安床安神位，都集中在這一天，莫說餐廳飯店客滿，連火葬場也是「人滿為患」。

阿榮從清晨五點「開市」之後，幾乎就沒休息過，幸好有兩個爐，還應付得過去。阿榮的工作，不只是啟動開關、操作機器而已，還得幫忙撿骨。

做久了，自然會有心得，加上跟著前輩用心學，阿榮從火化之後的骨灰，就能推論往生者的身體狀況。他常開玩笑說，若往生者生前很少吃藥，燒出來的骨灰一定是白色無雜質的，若長時間服用抗生素的，燒出來的就會有多彩的「藍寶石」、「舍粒子」之類的。顯然，他已是「久病成良醫」，出師囉！

從清晨五點忙到近十二點，阿榮是片刻不得休息，但他不認為是苦差事，畢竟做這種「送終」、「善後」之事，既是工作也是做功德。

看多了政商名流、知名人士生前意氣風發，享不盡的榮華富貴，最終都化成一堆白灰。說真的，人生實在沒什麼好計較的，身體健康、家人平安最重要，其他都是假的。阿榮在殯葬園區工作久了，看多了生離死別，慢慢有了些體會。

忙了一個上午，當然也累了一個上午，阿榮一進休息室，往床鋪一倒，沒十秒鐘，便呼呼大睡，連便當也來不及吃。

人一累特別好睡，他只感覺睡得好沉、好香甜。

朦朧中，一位穿長袍馬掛的老者來到他床前，定定地看著他。

阿榮不認識他，心裡嘀咕著：「這老先生怎那麼沒禮貌？沒看到我在睡覺，進來也不敲個門。」不理他，翻身繼續睡。

但不對啊！阿榮翻身到右側，他老先生卻像卡通「火影忍者」裡的移身術，瞬間移動出現在他床鋪的右側，可是右邊明明是牆壁，哪有站立空間？

阿榮似睡似醒，一時也搞不清狀況，只感覺睡覺被騷擾，很不舒服，正待開罵。卻看見老者伸手指了指掛在壁上的鐘，時間正指向十二點五十八分，差兩分就一點整。

阿榮猛一想到，有家屬登記一點要火化往生長者，可不能誤了人家時辰，嚇得趕緊起身穿鞋，便往火葬室跑，幸好距離不遠，三兩步便就定位。

往生者家屬早已在爐口等候，哭得稀哩嘩啦，有叫「阿公」、「阿祖」的，也有叫「伯公」、「叔公」的，顯然這位往生者很高壽，也很得晚輩敬仰。

在家屬做最後祭拜時，阿榮瞧了一下供桌上往生者的照片，嚇了一跳，照片裡的老者，不就是剛剛指著壁鐘，暗示時間到，叫他起床的那位老先生嗎？

阿榮心裡頭震了下，原來老先生知道自己的吉時，眼看時辰快到，阿榮還在睡大覺，所以特別現身，提醒阿榮莫誤了他的吉時。

阿榮在殯葬園區工作好些年了，從來沒見過「鬼」，他還跟朋友炫耀，稱自己八字重，所以看不到「那些東西」。沒想到，大白天中午，過往的老先生竟然親自來到床前叫醒他，「準時」幫他火化。

阿榮心想，幸好老伯伯是白天的「善意提醒」，也幸好沒誤了他的吉時，萬一延誤了，恐怕老伯伯三更半夜來找他算帳，那可就不好玩囉！

後話——

我任職台東市公所主任祕書時，承包公墓遷葬及火葬場整修的包商，就常遇見不可思議的事情。一位負責公墓遷葬的包商，一時疏忽忘了祭拜，怪手的挖斗竟突然斷掉，司機也莫名其妙被從駕駛台拋下來；甚至有包商拿一大包白骨到我辦公室，抗議之前的包商沒撿骨乾淨，害他衰事連連，你說奇不奇？

旭橋豔遇

阿成後座根本沒有載女孩子，可是看他很用力踩踏的樣子，好像後面有載人，而且不時回頭有說有笑，好像「跟誰」聊的很開心的樣子，但他後面明明沒有人啊！

看到阿忠和憨福神色緊張地把阿成連背帶拖地抬進屋內來，阿成嫂心裡陡的一沉，暗叫不妙，會不會這傢伙晚上到外面喝酒出了什麼事？

只聽到阿忠焦急地直喊著：「快點！快點！」一時也無法想那麼多，忙著把客廳的茶几、椅子挪開，好讓憨福和阿忠暫時把阿成放在長條藤椅上。

阿成嫂看阿成頭殼、臉部、手腳好好的，沒有外傷，慶幸還好不是酒後跟別人打架鬧事。可是，怎眼睛上吊，嘴唇一直在抽搐，一副眼歪嘴斜模樣，臉色也慘白一片，到底怎麼啦？

疑惑地回頭看阿忠，阿忠聳聳肩，一副不置可否樣子。再看憨福，憨福擠眉弄眼，很吃力又結巴地說：「阿、阿、阿成虧、虧、虧女生，遇、遇、遇……，遇見鬼啦！」

阿成嫂一聽，一把無名火就又上來，這個死鬼不知跟他講過多少遍了，別老想「虧」女孩子。都四十出頭的人了，還自命風流、自以為年輕，遲早都會踢到鐵板的，沒想到今晚真被他遇著了，不過，阿成嫂也困惑：「真的遇見鬼嗎？」

阿成什麼優點都沒有，就是「尪仔頭」（臉蛋）好看，當初看上他，就是被他那張長得像「小林旭」（日本老牌影星）的俊俏臉蛋吸引，沒想到婚後倒成了她最大的負擔。

這個死鬼大概自認長得帥，嘴巴又滑溜，有事沒事就喜歡「虧」女孩子，討點嘴上便宜，當然也有不正經的女孩會跟他眉來眼去的。

阿成嫂看在眼裡，氣在心裡，卻一點辦法也沒有，只能期待他年紀大些成熟些，看能不能戒除這爛桃花風流個性。

只是好端端地跟阿忠及憨福出去喝酒，怎會遇見鬼呢？莫非夜路真的走多了。

看阿成一副氣若游絲、三魂七魄跑掉大半的昏死模樣，八成真的是遇見鬼了。這時就算心裡很火大，也不是算風流帳的時候，還是先想辦法把人救醒要緊。

搖不醒，叫不應，拿溼毛巾敷臉也不管用，看樣子魂魄是跑掉了，不找「師公」作法收驚是不行的啦！幸好住家不遠處有座神壇，阿成嫂常會帶小孩去那裡收驚，忙招呼憨福和阿忠合力把阿成半扛半抬地送到神壇請法師作法收魂。

法師煞有介事的搖鈴呼請眾天兵天將，之後唸咒語、燒化金紙，忙進忙出的，最後在阿成身上噴酒灑水。

經過好一番折騰，阿成「喔！」的一聲，一口氣終於慢慢回轉過來，臉色逐漸紅潤起來，眼睛也正常了，不像剛被抬回家時吊白眼。

阿成可能靈魂回來了，也可能剛好酒醒，眼睛一張開，看到身旁圍著一大群人，幾十隻眼睛正盯著他。嚇了一大跳，忙起身，緊張地問：「這是哪裡？我怎會在這裡？」

阿成嫂看這死鬼終於醒過來了，一顆懸著的心方才放下來，但嘴裡可不饒人，也不管旁邊有很多人在圍觀，故意抬高聲調，酸溜溜地說：「趴七仔（追求女孩子），很搖擺（囂張）喔！看你以後還敢不敢隨便虧女孩子。」

話才說完，神壇裡看熱鬧的人都忍不住大笑出聲，阿成則尷尬地搔著腦袋，舌頭也不靈光了，心虛地說：「我、我、我……哪有？」

「有沒有？回去對質就知道。」阿成嫂也不理會他，包了個大紅包給「師公」後，拽著阿成就回家了。當然，阿忠和憨福這兩個「共犯」，也一併帶回家問個清楚。

阿成開水電行，阿忠和憨福是他店裡的技術工人，雖然身分是老闆和夥計，但因年齡相差不多，又天天在一起工作，倒更像哥兒們，下工後常相約到市區麵攤小酌、散飲一番。

台東最熱鬧的中華路市區和阿成的水電行雖然同在一條路上，但一北一南，相距有四、五公里遠，中間還隔著一條太平溪。

五、六十年代，台東鳳梨工廠產製的鳳梨罐頭是外銷熱門商品，廠房機器幾乎二十四小時不停運轉，曾提供台東在地人及青年學生很多就業及打工機會。唯一缺點，就是排放的廢水全流進太平溪，成了名副其實的「黑龍江」。

橫跨「黑龍江」貫穿中華路，聯絡台東市區到豐榮、豐里、豐源一帶的主要橋樑，是建於日據時代的「旭橋」。

豐里、豐源一帶，原是日據時期的移民村，居住很多日本移民，當地舊名就叫「旭村」，「旭橋」之名也因此而來。

「旭橋」是採磨石子工法施作，橋身雖然不是很宏偉，卻顯得很有古味，最重要的是它是連絡台東市區和豐榮、豐里間的主要橋樑。所以儘管白天人車雜沓，如過江之鯽，到了夜晚，就顯得冷清，因為橋上沒有路燈，附近也沒多少住家，「黑龍江」又不時散發著一股酸臭味道，讓路過的人不得不掩鼻快速經過，會駐足停留的並不多。

「黑龍江」除接受工廠廢水外，也接受上游養豬戶的污水，髒濁臭是意料中事，在環保意識及衛生觀念尚未抬頭的古早年代，大家也習以為常、見怪不怪。

倒是偶爾漂浮在水面的豬屍、狗屍，讓人感覺不舒服，尤其每當颱風來襲，溪水暴漲，常會突然冒出幾具「水流屍」，讓人看了心裡發毛。

「旭橋」旁邊有一大片竹林，白天看很美，晚上看就不美了，還顯得特別陰森。聽老一輩的說，常有感情不如意、做生意失敗的在竹林裡上吊或喝農藥自殺，搞得「旭橋」附近一帶不但臭味四溢，也繪聲繪影、鬼影幢幢。

阿成常在下工後，吆喝阿忠和憨福到市區小酌，他自己騎一輛腳踏車，阿忠和憨福則相載。

這一晚就像平常一樣，三人喝到十點多，準備回家。阿成今天收到一筆數字不小的工程款，高興之餘，多喝了幾瓶啤酒，講話跟著大聲，豪氣也一併出籠，直對著阿忠和憨福吹噓他以前「趴七仔」的輝煌事蹟。

說他以前當兵放假，從基隆搭公路局客運車到台北的四十分鐘車程裡，在車上搭訕了一位小姐，憑他的帥氣及舌粲蓮花，講得那位小姐心花怒放。到台北站後，二人一下車就手牽手，直奔旅館「休息」。

說得阿忠和憨福這兩個未見過世面的「後山小子」，佩服得五體投地，恨不得能從阿成身上學到一招半式，不要每次面對女孩子就臉紅，舌頭也跟著打結。

阿成看著他兩個夥計對他投以欽羨的眼光更加得意，巴不得立刻有個小妞出現，好讓他展現「趴七仔」的本領。

一如以往，回程路上，三人邊騎邊說笑，不知不覺騎上了「旭橋」。

時序進入秋天，已有點涼意，「旭橋」附近沒有多少住家，路燈也遠遠才一盞，若不是今晚上弦月透些亮光，還真的要帶手電筒才出得了門。但的確也夜深了，「旭橋」上很少有人車通過。

「怪！才十點多而已，怎橋上一個鬼影子也沒有。」阿成藉著幾分酒意，口沒遮攔地嘟囔著。阿忠和憨福一聽，忙勸阻說：「老闆，別亂講，聽說這個地方很『歹康』吔！」

「怕什麼？有我在呢！」阿成仗著酒氣壯膽，邊踩腳踏車邊大聲應著。

才一抬頭，嚇！橋中央幾時站了個身材窈窕的小姐，正倚在欄杆上托著腮欣賞月亮呢！

阿成心想，今晚才跟阿忠和憨福臭屁他很會「虧」女孩子，不小露一手，還以為我只會耍嘴皮子。

回頭便對阿忠和憨福說：「我跟你們兩個打賭，我要是虧那女孩子坐上我的車的話，你們兩個就算輸，明天得請客。否則，算我輸，我請，如何？」

阿忠正想驗證他老闆的本事，阿成這麼一提，忙點頭附和說：「好啊！好啊！」

憨福則是：「可、可、可是……，萬、萬、萬一……對、對、對方是等他男朋友，或、或、或者是、是、是女鬼，怎、怎、怎麼辦？」

阿成大笑說：「說你憨，還真是憨，跟男朋友約會，會選在人來人往的橋上嗎？分明就是少女思春，想出來釣凱子嘛！現在都什麼時代了，那來鬼？何況現在才十點多而已，就算鬼要出門，也要半夜十二點以後吧！」

說著說著，涎著一張豬哥嘴說：「你們看那小妞身影，腰細胸凸屁股翹翹，正點，不把她上車，我不叫阿成。」

說罷，腳踏車用力一蹬，便騎上前和那位憑靠在欄杆上，有著美麗背影的小姐打招呼。

距離有點遠，聽不到阿成和那位小姐說些什麼，只看到阿成手舞足蹈、比手畫腳，似乎講得口沫橫飛、很高興的樣子。過了好一陣子，只見阿成遠遠比了「OK」的手勢，意思是把妹成功，然後，就看到女孩子側坐到腳踏車後座，手還攬著阿成的腰呢！

看到阿成三言兩語就「把妹」成功，阿忠和憨福既佩服又羨慕。

可是怪哉！就在阿成載著女孩子準備上路的時候，一大片烏雲正好飄過來把月亮遮住，大地瞬間暗了下來，更巧的是，橋面上突刮起一陣風，陰陰涼涼的，阿忠和憨福不禁打了個哆嗦。

憨福有點心驚地說：「阿、阿、阿忠，很、很、很奇怪耶！怎、怎、怎……怎起、起這怪風？」

阿忠疑懼地張望著「旭橋」四周，微弱的月光，讓周遭景物看起來不是很真切，此時，橋上除了他們三個人外，再看不到其他人影。

「不對啊！阿成不是載個女孩子。」阿忠緊張地拉著憨福的衣袖問：「那個女的呢？」

「不、不、不是給、給、給阿、阿成載、載嗎？」

可是看騎在前面的阿成，還是單獨一人騎車，並沒有載人啊！更奇怪的是，阿成竟一副若無其事的樣子，仍悠哉地騎著腳踏車，還吹著口哨呢！

憨福說：「阿、阿、阿成騙人，他、他、他哪裡有載女孩子？」

對喔！阿成後座根本沒有載女孩子，可是，看他很用力踩踏的樣子，好像後面有載人，而且看他不時回頭有說有笑，好像「跟誰」聊的很開心的樣子，但他後面明明沒有人啊！

氣氛十分詭異，阿忠感覺不太對勁，卻又說不上來，只好載著憨福亦步亦趨地跟在阿成後面。看阿成詭異的舉止，憨福心裡發毛，怯怯地說：「阿、阿、阿成，會、會、會不會喝醉酒了。」

才說著說著，原來好端端騎在前頭的阿成，突然像受到極大的驚嚇，大叫一聲，之後，連人帶車「暴衝」似地猛然往前竄出去，直接撞上橋頭邊的電線桿。

跟在後頭的阿忠和憨福見狀嚇了一大跳，趕忙丟下腳踏車跑上前關心，就著路燈微弱的燈光察看阿成的傷勢，除了額頭撞出個大包包，手腳略有擦傷外，其他看起來還好。

二人正要扶起阿成時，發現阿成不僅全身癱軟，而且還一直顫抖個不停，臉色蒼白，眼睛上吊，還一直流口水，顯然是受到很大的驚嚇。趕緊連背帶拖地把他扛回家。

阿成嫂聽了阿忠和憨福陳述經過後，知道家裡這口子自命風流，這回是踢到鐵板了。不過，也納悶阿成是怎麼遇見女鬼的？回頭故意調侃阿成說：「煙斗咄（帥小子）！講看看你的豔遇經過吧！」

阿成搔搔頭，尷尬地說：「我說，但妳不能罵我喔！我保證下次不敢了。」

阿成嫂心想：「還真期望有下次？」

當著夥計面前，也不讓他難堪，笑答：「你說就是了，諒你以後也不敢了。」

阿成如獲大赦，連稱：「不敢，不敢。」

看阿成嫂、阿忠、憨福三人六隻眼睛緊盯著他，等著聽豔遇經過，阿成尷尬地笑笑說：「我問那女孩子住哪裡？她說住康樂，叫阿美，是到市區看完電影正要走路回去，因為在旭橋上看到上弦月很漂亮，特地停留下來觀賞。」

阿成接著說：「我看她一個女孩子在外面不安全，而且要走回康樂蠻遠的，便提議順道載她一程。」

阿成嫂插話揶揄道：「我看碰到你才不安全。」

阿成苦笑了下，繼續說：「她坐上我腳踏車後座，剛開始沒感覺什麼，跟她講話也很正常，就是平常的聊天。騎了一段路後，感覺怎麼變得越來越重，必須很用力的踩踏，車子才會動，我以為是上坡或者是車胎破了，但不對啊，我還在橋上，車胎也好好的，我那時也沒多想什麼，就是很費力的踩著。正騎得滿頭大汗，忽然感覺脖子一陣涼意，但不是那種清風涼意，而是讓人忍不住會打寒顫的涼意。我以為她在開玩笑，便對她說：『小姐，別在人家脖子後面吹氣，會嚇死人的。』」

阿成講到這裡，下意識地用手摸摸脖子，還好是溫的不是冰的，否則早掛了。

尷尬地看看眾人，見大夥兒聽得入神，阿成繼續說。

「那個小姐坐後面一直呵呵呵地笑著，還不停地對著我脖子吹氣，我有點火大，回頭想喝斥她。哪知當我回頭時，看到的是一張披頭散髮，兩眼暴突，面目猙獰，舌頭伸得很長的鬼臉，還對著我呵呵呵地笑著。我嚇壞了，當場昏死過去，後來發生什麼事，就完全不知了。」

故事講完，阿忠拍腿大笑：「這麼說，是風流鬼遇見吊死鬼囉！」

看阿成正瞪著他，忙摀住嘴閉口。

憨福不知輕重，跟著接腔說：「看、看、看你以、以後……，還、還敢不敢虧、虧女孩子……。」

阿成彷彿鬼門關走了一回，早就嚇壞了，哪敢再隨便「虧」女孩子。

心想，老人家說的沒有錯，「旭橋」果然是個「歹康」的地方，以後要喝酒在家裡就好，晚上儘量不走「旭橋」。當然，也不敢再隨便「虧」女孩子了，否則，這回遇見吊死鬼，下回若碰到水流屍，他三魂七魄都不夠賠呢！

後話——

當年的老舊旭橋，現已改建成宏偉的拱形橋，白色美麗的橋身，常是攝影愛好者晨昏攝影取景的好題材。如此美麗的一座橋，很難和鬼魅連想在一起，然靈異傳說的趣味，就在儘管年代久遠，但仍洗不掉歷史的記憶。何況人不輕狂枉少年，風流鬼遇見女鬼也不意外，只是下場都很慘就是。

我們天天見面

人神相談甚歡，「神明」突然說：「我們兩個天天見面，你知道嗎？」蕭元回說：「不會吧！我第一次到祢廟裡來。」「神明」淡定地說：「你腳踩地、頭頂天，我們是不是天天見面。」

位於台東市近郊的這間宮廟，規模不小，香火也鼎盛，蕭元每天上下班都會經過。但或許機緣未到，也或許他對宗教一向抱持「尊重但不迷信」的態度，所以儘管天天路過，卻不曾進去過，當然也不知道該宮廟拜祀的是何方神聖。

沈瑋和他是小學到高中「最麻吉」的同學，大學時代，沈瑋唸美術系，蕭元唸歷史系。退伍後各奔前程，蕭元回台東任教，沈瑋在北部一所高中擔任美術老師，在繪畫界頗有名氣，一年才回台東一次。

春節期間，幾位高中死黨再度聚會，相約在蕭元家小聚。酒酣耳熱之餘，大家開始談神論鬼、胡扯瞎掰，說得興起，沈瑋也不落人後，提到他幫「神明」畫像的經過。這倒新鮮，一個搞現代藝術的，怎麼幫神明畫像？

沈瑋說，暑假前，他老爸打電話給他：「阿瑋啊！阿英（沈瑋妹妹）拜拜的廟宇，神明降駕指示要你幫祂畫神像。」

沈瑋一聽，「啥？找我畫神像，有沒有搞錯？」

畫當然沒問題，但總要問清楚，究竟是神明親自「開金口」指示的？還是凡人「假傳聖旨」說的？

便逗趣地問他老爸：「爸，神明叫我畫像，祂怎麼指示的？」

他老爸說：「阿英上午到廟裡拜拜，神明降駕指示，說信徒裡面有哥哥很會畫畫的，請他幫我畫幅像，好讓信徒認識本尊。」

信徒們聽了，都不約而同地望向阿英，因為大家都知道阿英有個很會畫畫的藝術家哥哥，名氣還不小呢！

阿英奉了神明的指示，回家趕快轉達老爸。老爸退休後，沒事也往廟裡跑，幫忙信眾解籤或寫些對聯、告示之類的。聽阿英這麼一說，心裡不禁一陣欣喜：「神明真是神啊！連我家阿瑋很會畫畫，祂也知道。」二話不說，拿起電話就打給沈瑋，轉達神明要他畫神像之事。

沈瑋接受現代美術教育，從小到大，石膏像畫過，水果靜物畫過、人物風景也畫過，就是不曾畫過神像。況且這位神尊大名，他從來沒聽過，更不識得廬山真面目。

便問老爸：「神明長的什麼樣子，我沒見過，怎麼畫？」

老爸說：「神明指示說，梅、蘭、竹、菊、青龍、白虎、玄武、朱雀，這八樣東西，一樣不能少，至於長相嘛！祂沒說，我也不知道，你就看著辦吧！」

「看著辦？我看誰啊？神明長得圓或扁，沒見過，怎麼畫？最起碼，總要有個參考圖案吧！否則，萬一畫不好，神明找我算帳，那還得了。」沈瑋心裡想著怎麼應付他老爸。

他是受現代教育的，對神鬼之說向來是「信者恆信，不信者恆不信」。神明要他畫像，豈可當真？當下嘴巴漫應道：「好啦！好啦！我有空再畫啦！」既是敷衍，當然也就沒將此事放在心上，加上暑假活動多，畫神像之事也就忘了。

過年前，他老爸又打電話來催：「阿瑋啊！神明像畫好沒？都快過年了。」對喔！事情一忙，竟忘了幫神明畫像這件事，萬一過年前還沒完成，回去準挨老爸的罵。

回到宿舍，趁夜深人靜的當兒，沈瑋煞有介事地沐浴淨身，然後點上檀香，端坐在畫桌前。他滿懷期待，以為神明會給他靈感，或乾脆直接「顯靈」給他看，好讓他知道神明長得什麼模樣。可是左等右等，靈感沒來，神明也沒現身，倒是被檀香味薰得頭昏昏的，打起盹來了。

大夥兒聽得有趣，忙問：「睡夢中，神明有沒有現身，讓你瞧瞧啊！」

沈瑋笑說：「我也這麼想，可是沒有。想著第二天，還要出席一項美術比賽評審，剩沒多少時間了，就按照我爸說的，梅、蘭、竹、菊、青龍、白虎、玄武、朱雀，先畫上這幾樣基本配備，至於神明尊容，左思右想，就是沒個譜，最後就隨我意囉！畫好天也亮了，包裝好就到郵局寄回家了。」

嚇！有意思，堂堂藝術大師幫神明畫像，這可是「現代奇譚」啊！

大家很好奇沈瑋怎麼幫神明畫像？神明又長個什麼樣子？忙問：「畫像現在哪裡？」

沈瑋說：「應該裱褙好了，掛在廟裡吧！」

蕭元說：「我知道那間廟，不如去看看如何？」大夥兒齊聲說好，一行人便分乘兩輛轎車前往。

算是機緣吧！蕭元每天上下班都會經過此廟，就是沒機會進去，託沈瑋之福，首次進此廟瞧瞧。

大年初三，廟裡很熱鬧，剛好又逢神明「降駕」辦事的日子，善男信女特別多。六、七個人在沈瑋帶領下，很快找到他的「大作」，一幅已裱褙好掛在大殿牆上的神明畫像。

畫像裡，一個面皮白淨、長相俊秀、方面大耳、身材魁梧、身穿白袍的偉岸男子，昂然立於畫中，周圍則是梅、蘭、竹、菊、青龍、白虎、玄武、朱雀等分據各方。畫面很美，很有意境，既有神味更有禪味。

眾人邊觀賞邊讚嘆沈瑋的「神來之筆」時，忽瞥見旁邊有一年輕人正在換衣服。大夥兒看他換穿古裝，好奇問他換古裝做啥？那位年輕人倒也大方，笑稱他是乩童，正著裝準備辦事。

眾人看他穿上白袍，再看他身材長相，都不禁嚇了一大跳，怎和沈瑋畫的神像一個樣，「相似度」幾乎達百分之百。

這位扮「文乩」的年輕人，身高約一百八十公分，身材十分魁梧，也是白淨面皮、方面大耳。最令大夥兒嘖嘖稱奇的，則是他蓄長髮，長度剛好及肩，竟和畫中的神像一模一樣。究竟是巧合？還是神蹟？眾人驚奇不已。

在年輕人換裝的時候，蕭元上前寒暄攀談，隨機問他家住哪裡？今年幾歲？唸什麼學校畢業？在哪高就？年輕人毫不避諱地一一回答。

對這位神明的「代言人」，蕭元初步了解，他是台東人，已搬往高雄，二十六歲，國中畢業，現在高雄大發工業區一家鐵工廠工作。

眾人一邊觀看神明畫像，一邊打量扮「文乩」的年輕人。等他換裝完畢，眾人一看，太神奇了，簡直就是從畫像中走出來的神明。

大夥兒看著沈瑋，沈瑋聳聳肩，兩手一攤，一副「我哪知」表情。

沈瑋一再表明他沒看過神明，作畫時也毫無概念或靈感，純粹是「巧合」。但若說是巧合，也未免太巧合了吧！

「文乩」裝扮好之後，靜坐沉思了會，便起身就定位。只見他盤腿端坐在一張床笫上，面前有一張矮腳長桌，桌上有座雙龍奪珠的木雕，上頭掛了一串紫水晶佛珠，桌上另置放一把古箏。「文乩」雙目微閉，神情泰然自若，手裡輕搖羽扇，一派瀟灑自在模樣。

只見他在古箏上面輕輕的「噹」了一聲，信徒們便開始問事。新年伊始，又逢大年初三，大家都想討個好采頭，紛紛請示今年運勢如何，能否賺大錢發大財。

好不容易一大票善男信女漸漸散去，輪到蕭元一夥人了。

經常換老闆的阿慶首先問：「請問神明，我今年換工作好嗎？」

「神明」回：「你不是已經換了嗎？」

阿慶露出不可思議的表情說：「我農曆過年前跳槽，祂怎麼知道？」

志明問：「我弟弟今年考大學，會考上嗎？」

「神明」回：「他不變壞就不錯囉！」志明尷尬地笑了笑，他那寶貝弟弟成天在網咖鬼混，根本不想唸書，別說考大學無望，不變壞真的已經不錯囉！

俊毅問：「今年有沒有機會升官？」

「神明」回：「先搞好你跟上司的關係再說吧！」

俊毅很看不慣他上司逢迎拍馬、欺善怕惡的作風，平時也沒給上司好臉色看，單這一點，想升官，恐怕真有問題。

阿興跟他老婆關係有點緊張，請示家運如何。

「神明」回：「家和萬事興，天天吵，怎會好呢？你當老公的，讓她一點又何妨？」說得阿興一陣臉紅，忙應：「是！是！」

同學們一個個都問了，只剩蕭元沒有問，大夥兒催促他：「喂！就剩你了。」

蕭元笑說：「不用了，我沒啥事好問。」

眾人只當蕭元有私密事，不想讓其他人聽到。便說：「你要是怕我們聽到的話，我們迴避就是。」

蕭元笑說：「我真的沒事要問。」他心裡很明白，自己個性淡泊，從不想跟人爭有的沒有的，何況家庭及工作一切都OK，上天待他已不薄，實在沒啥好問的。

確定蕭元不問事後，大夥兒轉身就要離去。正當眾人跨出門檻，準備出廟時，後面傳來古箏「噹」的一聲，緊接著，聽到「神明」宏亮沉穩但略帶揶揄的聲音：「不是每一塊鐵板，你都踢得起的。」

眾人一聽，「咦！話有玄機喔！」都停下腳步，對蕭元說：「好像在說你喔！」同去的六、七個人，每個人都有請示「神明」指點迷津，只有蕭元沒有問，是不是瞧不起神明？

沈瑋笑說：「我看你還是問吧！否則，神明會不高興。」

大夥兒也起鬨說：「你要是不問的話，就是對神明大不敬。神明話都講那麼白了，『不是每一塊鐵板，你都踢得起的』。」

拗不過眾人好意，蕭元來到「神明」面前。

才坐下，神明開口就說：「你很鐵齒喔！」

蕭元忙誠惶誠恐地回說：「不敢，不敢，我只是好奇。」

神明說：「你有沒有什麼事情要問我的？」

蕭元搖搖頭回：「沒有。」

神明又問：「你有沒有什麼事情要求我的？」

蕭元仍搖搖頭回：「沒有。」

神明說：「你這人很奇怪耶！來到我這裡的人不是求就是問，只有你什麼都不要。」

蕭元回說：「我覺得現時一切已不錯，很感恩上天的庇佑，所以不敢再有所求。」

神明頷首微笑道：「難得你能無所求，這樣好了，你既不想求也不想問，那我們來聊聊你們台東的政治人物好了。」

「神明找我聊台東的政治人物，這有意思，也許可以聽到一些不為人知的政壇祕辛吧！」蕭元心想。

神明說：「你們台東的天空烏煙瘴氣，政治人物胡搞瞎搞。」又說：「他們常常來找我問事，可是又不幹正事。」隨後，提到一些大家耳熟能詳的政治人物的名字。

蕭元很訝異，一個外地來的乩童，怎會對台東政壇的大小事那麼清楚，簡直就是瞭若指掌，眼前這位神明，真的是神明？

蕭元內心充滿疑惑，不確定眼前正和他對談的是人還是神？

他不斷提出一些問題，試著從對談中分辨出到底是「人講的話」？還是「神的諭示」？

和神明對話了半個鐘頭，蕭元覺得這位「神明」蠻特殊的，沒有道貌岸然、老氣橫秋的樣子，竟像朋友聊天般的輕鬆自在，這是他從來沒有過的經驗，算是和「神界」的第一次接觸。

人神相談甚歡，神明突然說：「我們兩個天天見面，你知道嗎？」

蕭元回說：「不會吧！我第一次到祢廟裡來。」

神明淡定地說：「你腳踩地、頭頂天，我們是不是天天見面。」

蕭元心裡不禁一震，神明這麼說，不正表示祂是「無形的」，是無所不在的。

蕭元仔細端詳眼前這位神明，仍是一派瀟灑悠哉模樣。他困惑了，不確定這是神蹟？還是幻術？

但他十分確信，以一個僅國中教育程度又從事鐵工的「乩童」，絕不可能講出如此「文謅謅」，且寓意甚深的詞句。

乩童神態和畫像裡的神明一個樣，已令他大開眼界了，這句「我們天天見面」，更彰顯其「無所不在」的神通。只是，究竟應該選擇相信？還是一笑置之？

神明或許和蕭元聊得很開心，竟伸手從面前的雙龍奪珠木雕上，取下紫水晶佛珠就要往蕭元頭上套下去，蕭元忙雙手婉拒說：「不好意思，我沒戴這個的習慣。」

「神明」並沒有不高興的樣子，只微微笑說：「蕭弟子，這串紫水晶佛珠掛在這裡已好多年了，你我有緣，特地送給你，對你有幫助的。」隨手將佛珠捲成兩卷套在蕭元的手腕上。

站在遠處看熱鬧的朋友看到這一幕都好羨慕，有人打趣說：「紫水晶佛珠沒送給幫祂畫畫的人，倒送給最鐵齒的人。」

沈瑋倒很釋懷，笑說：「緣份嘛！蕭元和神明有緣。」

那次意外和神明「邂逅」之後，蕭元再沒進那間廟裡拜拜，不過，他一直謹記神明告訴他的「我們天天見面」這句話。既明示「舉頭三尺有神明」之意，也似乎暗示「我常在你左右」，別做壞事喔！

蕭元雖不常跑廟宇，但堅信「佛在心中」，亦知「善有善報，惡有惡報」、「諸惡莫作，眾善奉行」的道理。藉此提醒自己，要敬天畏神、修心修德，更應心存正念、善念，常懷感恩之心，隨時助人濟人，或許這正是「神明」期許他的吧！

後話——

故事中的主角其實就是我，一句「不是每塊鐵板，你都踢得起的」，把我推到「神明」的面前，意外促成人神對談。我也訝異神明的親切隨和，沒有端「神架子」。

這位神明別號「臥雲先生」，又稱「玄玄上人」，最玄奇之處，是壁上神明的畫像竟和現實世界的乩童「相似度」百分之百，連穿著也一模一樣。這是畫家同學在毫無靈感下的「隨心創作」，若說是巧合，也未免太巧合了吧！

更玄的是乩童不但用詞文言典雅，對台東地方政情也瞭若指掌，能如數家珍般地娓娓道來，若非官場中人，豈能如此孰悉？此似亦在彰顯祂是無所不知、無所不曉的神明。

這場和神明的意外邂逅充滿驚奇，也是難得的經驗。不過，就算我和祂相談甚歡，祂也送我紫水晶佛珠當紀念，但「好交情」似乎也僅止於此而已，之後，我再沒去看祂，祂也不曾託夢給我，但祂送我的紫水晶佛珠，則一直好好珍藏著。

人必須體認一點，信仰只是一種心靈寄託，目的在導引人心向善向上，神明只能做啟發性、暗示性的指示，卻無法「越俎代庖」處理凡人的事，凡人的事，還是得自己去面對解決。

心存正念善念，隨時反省自己、修養自己、自律自愛，「存好心，說好話，做好事」方為修德之道。和神明「交心」可也，但千萬別沒事找神明麻煩，那就有失做人本分了。

釀冒險35　PG2287

少年耶，麥凍路！
──後山靈異奇談

作　　者　蕭福松
責任編輯　陳慈蓉
圖文排版　周好靜
封面設計　蔡瑋筠
內頁插畫　張釋月

出版策劃　釀出版
製作發行　秀威資訊科技股份有限公司
114 台北市內湖區瑞光路76巷65號1樓
電話：+886-2-2796-3638　傳真：+886-2-2796-1377
服務信箱：service@showwe.com.tw
http://www.showwe.com.tw
郵政劃撥　19563868　戶名：秀威資訊科技股份有限公司
展售門市　國家書店【松江門市】
104 台北市中山區松江路209號1樓
電話：+886-2-2518-0207　傳真：+886-2-2518-0778
網路訂購　秀威網路書店：https://store.showwe.tw
國家網路書店：https://www.govbooks.com.tw
法律顧問　毛國樑　律師
總 經 銷　聯合發行股份有限公司
231新北市新店區寶橋路235巷6弄6號4F
電話：+886-2-2917-8022　傳真：+886-2-2915-6275

出版日期　2019年10月　BOD一版
定　　價　250元

Printed in Taiwan

國家圖書館出版品預行編目

少年耶,麥凍路! : 後山靈異奇談 / 蕭福松著. --
一版. -- 臺北市 : 釀出版, 2019.10
面 ; 公分. -- (釀冒險 ; 35)
BOD版
ISBN 978-986-445-354-2(平裝)

863.55 108014930

讀者回函卡

感謝您購買本書，為提升服務品質，請填妥以下資料，將讀者回函卡直接寄回或傳真本公司，收到您的寶貴意見後，我們會收藏記錄及檢討，謝謝！如您需要了解本公司最新出版書目、購書優惠或企劃活動，歡迎您上網查詢或下載相關資料：http:// www.showwe.com.tw

您購買的書名：＿＿＿＿＿＿＿＿＿＿＿＿＿＿＿＿＿＿＿＿

出生日期：＿＿＿＿年＿＿＿＿月＿＿＿＿日

學歷：□高中（含）以下　□大專　□研究所（含）以上

職業：□製造業　□金融業　□資訊業　□軍警　□傳播業　□自由業
　　　□服務業　□公務員　□教職　□學生　□家管　□其它＿＿＿

購書地點：□網路書店　□實體書店　□書展　□郵購　□贈閱　□其他

您從何得知本書的消息？

□網路書店　□實體書店　□網路搜尋　□電子報　□書訊　□雜誌
□傳播媒體　□親友推薦　□網站推薦　□部落格　□其他＿＿＿＿

您對本書的評價：（請填代號　1.非常滿意　2.滿意　3.尚可　4.再改進）

封面設計＿＿　版面編排＿＿　內容＿＿　文／譯筆＿＿　價格＿＿

讀完書後您覺得：

□很有收穫　□有收穫　□收穫不多　□沒收穫

對我們的建議：＿＿＿＿＿＿＿＿＿＿＿＿＿＿＿＿＿＿＿＿

＿＿＿＿＿＿＿＿＿＿＿＿＿＿＿＿＿＿＿＿＿＿＿＿＿＿

＿＿＿＿＿＿＿＿＿＿＿＿＿＿＿＿＿＿＿＿＿＿＿＿＿＿

＿＿＿＿＿＿＿＿＿＿＿＿＿＿＿＿＿＿＿＿＿＿＿＿＿＿

請貼
郵票

11466
台北市內湖區瑞光路 76 巷 65 號 1 樓
秀威資訊科技股份有限公司 收
BOD 數位出版事業部

（請沿線對折寄回，謝謝！）

姓　　名：＿＿＿＿＿＿＿＿ 年齡：＿＿＿＿ 性別：□女　□男

郵遞區號：□□□□□

地　　址：＿＿＿＿＿＿＿＿＿＿＿＿＿＿＿＿

聯絡電話：(日) ＿＿＿＿＿＿＿＿ (夜) ＿＿＿＿＿＿＿＿

E-mail：＿＿＿＿＿＿＿＿＿＿＿＿＿＿＿＿